19.06.2018

Pour H
              l

Que des rêves
   Mamie fock

COLLECTION FOLIO

Grimm

Hänsel et Gretel

et autres contes

*Traduit de l'allemand par
Marthe Robert et Yanette Delétang-Tardif*

Gallimard

Ces contes sont extraits
du volume *Romantiques allemands, II*
(collection Bibliothèque de la Pléiade,
Éditions Gallimard) pour « Hänsel et Gretel »
et du volume *Contes* (Folio Classique n° 840)
pour tous les autres textes.

© *Éditions Gallimard, 1973,*
pour la traduction de « *Hänsel et Gretel* ».
© *Éditions Gallimard, 1976, pour la traduction*
de « *De celui qui partit en quête de la peur* »,
« *Cendrillon* », « *La Belle au Bois Dormant* »,
« *Blancheneige* », « *Le corbeau* »,
« *L'eau de Jouvence* ».

Jacob (1785-1863) et Wilhelm (1786-1859) Grimm sont nés tous deux à Hanau, dans la province de Hesse, au cœur de l'Allemagne. Après une scolarité sans encombre, les deux frères entament des études de droit à Marbourg. Jacob s'intéresse principalement à l'histoire du droit, tandis que Wilhelm est de sensibilité plus littéraire. À compter de 1806, les frères Grimm commencent leurs activités d'éditeur, en publiant des textes anciens datant des débuts de la langue allemande. Ce travail s'inscrit dans la mouvance du romantisme allemand, auquel se rattachent beaucoup d'écrivains, philosophes, artistes et intellectuels de langue allemande, soucieux de participer à l'unification de la nation. Pendant cinq ans, les deux frères vont se livrer à un travail de collecte de contes populaires, parcourant les campagnes de leur province, à l'écoute des conteuses dont ils transcrivent les récits. En 1812 paraît le premier volume des *Contes de l'enfance et du foyer*, dont la publication, qui connaît un vif succès, est saluée par Goethe. Après le second volume de *Contes* (1815) paraît la compilation des *Légendes allemandes* (1816-1818). Dans les années 1820 et 1830, tandis que Wilhelm se consacre seul au travail de réédition des *Contes*, Jacob publie une œuvre majeure qui fera de lui l'un des plus grands savants de son temps : une *Grammaire allemande*. En 1829, Jacob devient professeur à l'université de Göttingen, tout comme Wilhelm six ans plus tard. Ayant protesté contre l'abrogation de la Constitution du Royaume de Hanovre par le nouveau souverain, Ernest-Auguste, les frères Grimm sont expulsés du Hanovre et de l'université en 1837. Après une courte période de difficultés financières, qui a conduit Jacob à accepter la rédaction d'un monumental *Dictionnaire allemand*, Jacob et Wilhelm sont nommés membres de l'Académie royale des sciences de Berlin en 1840. Ils sont désormais célébrés en Prusse comme à l'étranger pour leur travail, et poursuivent inlassablement leur labeur de linguistes, d'historiens et d'éditeurs. Les affaires politiques continuent aussi à les occuper, et Jacob siégera au premier parlement allemand, en pleine effervescence révolutionnaire, votant l'adoption d'une Constitution de l'empire allemand en 1849, qui échouera mais posera les bases de l'Allemagne moderne.

Lisez ou relisez les livres de Jacob et Wilhelm Grimm en Folio :

CONTES (Folio Classique n° 840)

CONTES / MÄRCHEN (Folio Bilingue n° 5)

NOUVEAUX CONTES (Folio Classique n° 2901)

LA LUMIÈRE BLEUE *et autres contes* / DAS BLAUE LICHT *und andere Märchen* (Folio Bilingue n° 80)

CONTES CHOISIS (Folio Classique n° 3372)

*De celui qui partit
en quête de la peur*

Un père avait deux fils, l'aîné était avisé et intelligent, mais le cadet était sot, incapable de comprendre ou d'apprendre quoi que ce soit ; et quand les gens le voyaient, ils disaient : « En voilà un qui sera un beau fardeau pour son père ! » Lorsqu'il y avait une tâche à faire, c'était toujours l'aîné qui devait s'en charger, mais si son père lui demandait d'aller chercher quelque chose à une heure tardive ou la nuit, et que le chemin passât par le cimetière ou quelque autre lieu horrifiant, il répondait : « Oh non, père, je n'irai pas, ça me donne la chair de poule », car il était peureux. Ou bien encore quand, le soir à la veillée, on racontait de ces histoires qui vous font dresser les cheveux sur la tête, les auditeurs disaient parfois : « Brr, ça vous donne la chair de poule. » Le cadet était assis dans un coin et écoutait tout cela et ne parvenait pas à comprendre ce que cela voulait dire. « Ils disent toujours : ça me donne la chair de poule, ça me donne la chair de poule ! Mais moi, je n'ai pas la chair de poule. Ça doit encore être une de ces choses auxquelles je n'entends rien. »

Or il advint que son père lui dit un jour : « Écoute, toi là-bas, dans ton coin, tu deviens grand et fort, il va falloir que tu apprennes quelque chose qui te permette de gagner ton pain. Vois comme ton frère se donne du mal, mais pour ce qui est de toi, on y perd son temps et sa peine. — Hé, mon père, répondit-il, je ne demande qu'à m'instruire, et même, si c'était faisable, j'aimerais bien savoir ce que c'est que la chair de poule, je n'y comprends rien du tout. » En entendant cela, l'aîné se mit à rire et se dit : « Dieu, quel benêt que mon frère, on n'en fera jamais rien ; qui veut se faire hameçon doit se courber de bonne heure. » Le père soupira et lui répondit : « La chair de poule, tu apprendras bien ce que c'est, mais ce n'est pas avec ça que tu gagneras ton pain. »

Peu après, le sacristain vint en visite à la maison, alors le père se plaignit de ses soucis et lui raconta que son fils cadet était vraiment bien peu ferré sur quoi que ce fût, il ne savait ni n'apprenait rien. « Imaginez un peu, quand je lui ai demandé comment il pensait gagner son pain, il a souhaité d'apprendre à avoir la chair de poule. — Si ce n'est que cela, dit le sacristain, il pourra l'apprendre chez moi, confiez-le-moi, je me charge de le dégourdir. » Le père en fut bien content, car il se disait : « Mon garçon va être un peu dressé tout de même. » Le sacristain le prit donc chez lui et lui fit sonner les cloches. Au bout de quelques jours, son maître vint le réveiller sur le coup de minuit et lui ordonna de se lever, de monter au clocher et de carillonner. « Je vais t'apprendre ce que c'est que la frousse », pensa-t-il ; il partit devant à la dérobée et quand le garçon, arrivé en haut, se retourna pour saisir la corde, il aperçut une forme blanche dans l'escalier, juste en face des abat-son : « Qui va là ? » cria-t-il, mais la forme ne donna pas de réponse et ne bougea pas. « Réponds, cria le garçon, ou dépêche-toi de t'en aller, tu n'as rien à faire ici la nuit. » Mais le sacristain resta immobile afin que le garçon le prît pour un fantôme. Il cria pour la seconde fois : « Que fais-tu ici ? Si tu es un honnête homme, parle, sinon je t'expédie au bas de l'escalier. » Le sacristain pensa : « Il n'a sûrement pas de si noirs desseins », il ne souffla mot et ne bougea pas plus que s'il avait été de pierre. Alors le garçon l'interpella pour la troisième fois et comme ce fut également en vain, il prit son élan et poussa le revenant au bas de l'escalier, de telle sorte qu'il dégringola dix marches et resta étendu dans un coin. Après quoi il sonna la cloche, rentra chez lui, se coucha sans piper mot et reprit son somme. La femme du sacristain attendit longtemps son mari, mais il ne revenait toujours pas. À la fin, elle fut prise de peur, alla réveiller le garçon et lui demanda :

« Ne sais-tu pas ce qu'est devenu mon mari ? Il est monté devant toi au clocher. — Non, répondit le garçon, mais il y avait quelqu'un en face des abat-son, dans l'escalier, et comme il ne voulait ni répondre ni s'en aller, je l'ai pris pour un malfaiteur et je l'ai expédié au bas des marches. Allez-y, vous verrez bien, si c'était lui j'en serais vraiment désolé. » La femme partit d'un bond et trouva son mari dans un coin et geignant, car il s'était cassé une jambe.

Elle l'aida à descendre et courut en poussant les hauts cris chez le père du garçon : « Votre fils a causé un grand malheur, cria-t-elle, il a jeté mon mari au bas de l'escalier, si bien qu'il s'est cassé une jambe. Débarrassez notre maison de ce vaurien. » Le père prit peur, il arriva en toute hâte et gronda son fils : « Qu'est-ce que c'est que ces tours pendables, c'est le Malin qui a dû te les inspirer. — Père, répondit-il, écoutez-moi, je suis tout à fait innocent : il était là, immobile dans la nuit, comme quelqu'un qui a de mauvais desseins. Je ne savais pas qui c'était et je l'ai averti trois fois d'avoir à parler ou de déguerpir. — Ah, dit le père, tu ne me causeras que des déboires, disparais de ma vue, je ne veux plus te voir. — Oui, père, bien volontiers, attendez seulement qu'il fasse jour et je partirai pour apprendre la peur, comme cela j'acquerrai au moins une science qui pourra me nourrir. — Apprends ce que tu veux, dit le père, tout m'est égal. Voilà cinquante écus, va-t'en avec

De celui qui partit en quête de la peur 15

cela courir le vaste monde et ne dis à personne d'où tu viens ni qui est ton père, car j'ai honte de toi. — Oui, père, comme vous voudrez, si vous ne m'en demandez pas plus, il me sera facile d'en tenir compte. »

Quand le jour se leva, le jeune homme empocha ses cinquante écus et prit la grand-route en marmonnant continuellement : « Ah si seulement je pouvais avoir peur ! Si je pouvais avoir peur ! » Or il fut rejoint par un homme qui entendit les propos qu'il se tenait à lui-même, et quand ils eurent fait un bout de chemin et que le gibet fut en vue, l'homme lui dit : « Regarde là-bas, c'est l'arbre où sept filous viennent de célébrer leurs noces avec la fille du cordier et où, pour l'heure, ils apprennent à voler, assieds-toi dessous et attends la nuit, de cette façon tu sauras bien ce que c'est que la peur. — S'il n'en faut pas plus, répondit le garçon, ce sera facile : mais si j'apprends si vite que ça à avoir la frousse, tu auras mes cinquante écus : reviens donc me trouver demain matin. » Puis il se rendit au gibet, s'assit dessous et attendit la venue du soir. Et comme il avait froid, il alluma du feu, mais vers minuit, le vent devint si glacial que malgré son feu il ne put se réchauffer. Et comme le vent poussait les pendus les uns contre les autres et les faisait se balancer, il pensa : « Tu gèles auprès de ton feu, mais eux là-haut, ils doivent encore bien plus souffrir du froid et se démener. » Et comme il était compatissant, il mit l'échelle contre le gibet, y monta, les décrocha l'un après l'autre et les descendit tous les sept. Après quoi il attisa son feu, souffla dessus et les assit tout autour pour qu'ils pussent se réchauffer. Mais ils restèrent là sans bouger et le feu prit à leurs vêtements. Alors il dit : « Faites donc attention, ou je vais vous rependre ! » Mais les morts n'entendaient pas, se taisaient et laissaient leurs guenilles brûler. Alors il se fâcha et dit : « Si vous ne faites pas attention, je ne pourrai rien pour vous, je ne veux pas brûler avec vous » et il les pendit derechef, chacun à son tour. Ensuite il s'installa près de son feu et s'endormit, et le lendemain matin, l'homme vint le trouver pour avoir ses cinquante écus et lui dit : « Eh bien, tu sais ce que c'est que la peur maintenant ? — Non, répondit-il, d'où le saurais-je ? Les types d'en haut n'ont pas ouvert la bouche et ont été assez bêtes pour laisser brûler les quelques vieilles hardes qu'ils avaient sur le dos. » L'homme vit alors qu'il n'empocherait pas les cinquante écus ce jour-là et il s'en fut en disant : « Je n'ai jamais rien vu de pareil ! »

Le jeune garçon se mit en route lui aussi et recommença à se dire à lui-même : « Ah si seulement je pouvais avoir peur ! Si je pouvais avoir peur ! » Un charretier qui marchait derrière lui entendit ces mots et lui dit : « Qui es-tu ? — Je ne sais pas », dit-il. Le charretier continua : « D'où es-tu ? — Je ne sais pas. —

Qui est ton père ? — Je ne peux pas le dire. — Qu'est-ce que tu marmonnes sans cesse dans ta barbe ? — Hé, répondit le jeune homme, je voudrais connaître le frisson de la peur, mais personne ne peut me l'enseigner. — Trêve de sottises, dit l'homme, viens avec moi, je vais voir à te caser quelque part. » Le jeune garçon suivit le charretier, et le soir ils arrivèrent à une auberge où ils voulurent passer la nuit. En entrant dans la salle, il recommença à répéter tout haut : « Si seulement je pouvais avoir peur ! Si je pouvais avoir peur ! » L'aubergiste, qui l'entendit, se mit à rire et dit : « Si tu en as envie, tu pourrais bien en trouver l'occasion ici. — Ah ! tais-toi, dit la patronne, plus d'un qui fut trop curieux y a déjà laissé sa vie, ce serait dommage si ces beaux yeux-là ne revoyaient pas la lumière du jour. » Mais le garçon dit : « Quand cela serait si difficile que cela, je veux l'apprendre puisque c'est pour cela que je suis parti. » Il ne laissa pas l'aubergiste en repos que celui-ci ne lui eût conté ce qu'il en était : non loin de là, il y avait un château ensorcelé où l'on pouvait apprendre à trembler, pourvu qu'on y veillât seulement trois nuits. Le roi avait promis sa fille en mariage à celui qui s'y risquerait, et c'était bien la plus jolie personne qui fût sous le soleil : on disait aussi qu'il y avait au château de grands trésors gardés par de mauvais génies, ils seraient alors libérés et il y en avait assez pour enrichir un pauvre homme. Beaucoup y étaient déjà entrés, mais aucun n'en était ressorti. Le lendemain, le jeune homme s'en alla trouver le roi et lui dit : « Avec votre permission, je voudrais bien passer trois nuits dans le château enchanté. » Le roi le regarda et comme il lui plaisait, il lui dit : « Tu as encore le droit de me demander trois choses, mais il faut que ce soit des choses inanimées, et tu pourras les emporter au château. » Il répondit : « Je vous demanderai donc un feu, un tour et un établi avec son couteau. »

Le roi lui fit porter tout cela au château pendant le jour. Quand la nuit fut sur le point de tomber, le jeune homme y monta, alluma un feu clair dans une chambre, installa l'établi avec son couteau, puis s'assit au tour : « Ah si seulement je pouvais avoir peur ! dit-il, mais ce n'est pas encore ici que j'apprendrai ! » Sur les minuit, il voulut attiser son feu et comme il soufflait dessus, des cris s'échappèrent soudain d'une encoignure. « Miau, miau ! Comme nous avons froid ! — Imbéciles, dit-il, qu'avez-vous à crier ? Si vous avez froid, venez ici, asseyez-vous près du feu et chauffez-vous. » Et quand il eut dit ces mots, deux grands chats noirs firent un grand bond, se postèrent de chaque côté de lui et le regardèrent d'un air féroce avec leurs yeux de feu. Au bout d'un moment, quand ils se furent réchauffés, ils dirent : « Camarade, si nous faisions une partie de cartes ? — Pourquoi pas ? répondit-il, mais montrez-moi un peu vos pattes. » Alors ils sortirent leurs griffes : « Hé, dit-il, vous en avez de grands ongles ! Attendez, il faut d'abord que je vous les rogne. » En disant cela il les prit par la peau du cou et les mit sur son établi où il leur serra soigneusement les pattes : « Je vous ai examinés de près, dit-il, ça m'a fait passer l'envie de jouer aux cartes », il les tua et alla les jeter à l'eau. Mais quand il eut fait taire ces deux-là et voulut se rasseoir auprès de son feu, voilà que de tous les coins et recoins surgirent des chats noirs et des chiens noirs attachés à des chaînes incandescentes, et il en venait de plus en plus si bien qu'il ne savait plus où se réfugier : ils poussaient des cris horribles, puis ils piétinèrent son feu, le démolirent et voulurent l'éteindre. Il les regarda faire tranquillement pendant un petit moment, mais quand il trouva qu'ils dépassaient les bornes, il saisit son couteau à tailler et cria : « Allons, ouste, canailles ! » puis il tapa dans le tas. Une partie se sauva, il assomma les autres et il sortit les jeter dans l'étang. Une fois rentré, il ranima son feu et se réchauffa. Et à force de rester assis, ses yeux se refusèrent à rester ouverts plus longtemps et il eut envie de dormir. Alors il regarda autour de lui et aperçut un grand lit dans un coin. « Juste ce qu'il me faut », dit-il, et il s'y coucha. Mais comme il se disposait à fermer les yeux, voilà que le lit se mit à se promener tout seul, et qu'il se promena par tout le château : « Fort bien, dit-il, encore plus vite ! » Alors, comme s'il avait été attelé de six chevaux, le lit se mit à rouler par-dessus seuils et escaliers et tout à coup, hop là ! il culbuta sens dessus dessous, si bien qu'il fut sur lui comme une montagne. Mais il envoya en l'air couvertures et oreillers, se dégagea et dit : « Se promène là-dedans qui voudra ! », il s'étendit auprès de son feu et dormit jusqu'au jour. Le matin le roi vint le voir, et comme il le trouva couché par terre, il pensa que les revenants l'avaient tué et qu'il était mort. Alors il dit : « C'est vraiment dommage pour ce beau garçon. » Le jeune homme l'entendit, se dressa et s'écria : « Nous n'en sommes pas encore là ! » Le roi fut tout étonné, mais il se réjouit et lui demanda ce qui lui était arrivé. « Fort bien, dit-il, voilà une nuit de passée, les deux autres passeront bien aussi. » Quand il arriva chez l'aubergiste, celui-ci écarquilla les yeux : « Je ne croyais pas te revoir vivant, dit-il, as-tu appris ce que c'est que la peur ? — Non, dit-il, tout est inutile : si seulement quelqu'un pouvait me l'apprendre ! »

La deuxième nuit, il monta de nouveau dans le vieux château, s'assit au coin du feu et recommença sa vieille chanson : « Ah si seulement je pouvais connaître la peur ! » Vers minuit un bruit suivi d'un grand fracas se fit entendre, d'abord tout doucement, puis de plus en plus fort, après quoi le silence se fit un instant, et enfin une moitié d'homme dégringola par la cheminée et tomba devant lui en poussant de grands cris : « Holà, s'écria-t-il, il en faut encore une moitié, c'est trop peu. » Alors le vacarme reprit de plus belle, on entendit tempêter, hurler, et l'autre moitié tomba à son tour : « Attends, dit-il, je vais d'abord t'attiser un peu le feu. » Quand il l'eut fait et qu'il se retourna, les deux morceaux s'étaient rejoints et un homme épouvantable était assis à sa place. « Ce n'est pas dans nos conventions, dit-il, ce banc est à moi. » L'autre voulut le repousser, mais le jeune homme ne se laissa pas faire, il lui donna une violente bourrade et reprit sa place. Alors il tomba encore plusieurs autres hommes, l'un après l'autre, ils allèrent chercher neuf tibias et deux têtes de mort, les disposèrent et jouèrent aux quilles. Le jeune homme eut envie de jouer aussi et demanda : « Écoutez, puis-je être de la partie ? — Oui, si tu as de l'argent. — J'en ai assez, répondit-il, mais vos boules ne sont pas bien rondes. » Il prit les crânes, les mit sur son tour et les arrondit : « Voilà, dit-il, maintenant elles rouleront mieux, allons-y, on va s'amuser ! » Il joua et perdit un peu de son argent, mais quand minuit sonna, tout disparut à sa vue. Il se coucha et s'endormit tranquillement. Le lendemain, le roi vint aux informations. « Comment cela s'est-il passé cette fois-ci ? demanda-t-il. — J'ai joué aux quilles, répondit-il, et j'ai perdu un peu d'argent. — N'as-tu donc pas eu peur ? — Pas du tout, dit-il, je me suis bien amusé. Ah si je savais ce que c'est que la peur ! »

La troisième nuit, il s'assit de nouveau sur son banc et dit tout tristement : « Comme j'aimerais avoir peur ! » Sur le tard, six hommes de grande taille arrivèrent, portant une bière mortuaire. Alors il dit : « Ha ha, c'est sûrement mon petit cousin qui est mort il n'y a que quelques jours », il lui fit signe de venir et s'écria : « Viens, petit cousin, viens ! » Ils posèrent le cercueil par terre, mais il s'en approcha et souleva le couvercle : un homme mort était couché dedans. Il lui palpa le visage, mais il était glacé. « Attends, dit-il, je vais te réchauffer un peu », il alla se chauffer les mains au feu et les lui mit sur la figure, mais le mort resta froid. Alors il le sortit du cercueil, s'assit près du feu, le prit sur ses genoux et lui frotta les bras pour remettre le sang en mouvement. Comme cela ne servait de rien non plus, il lui vint une idée : « Quand on couche à deux dans le même lit, on se réchauffe mutuellement », il le mit au lit, le couvrit et s'étendit à ses côtés. Au bout d'un moment, le mort se réchauffa et commença à remuer. Le jeune homme dit alors : « Eh bien, petit cousin, ne t'ai-je pas réchauffé ? » Mais le défunt prit la parole et s'écria : « Maintenant je vais t'étrangler. — Quoi ? dit-il, est-ce là une façon de me remercier ? Rentre tout de suite dans ton cercueil. » Il le souleva, le jeta dedans et ferma le couvercle. « La peur ne veut pas venir, dit-il, ce n'est pas ici que je la connaîtrai jamais. »

Alors un homme entra, il était plus grand que tous les autres et avait un air horrible ; mais il était vieux et avait une longue barbe blanche. « Ô mon petit gringalet, s'écria-t-il, maintenant tu vas savoir ce que c'est que la peur, car tu vas mourir. — Doucement, répondit le jeune homme, si je dois mourir, il faut au moins que je sois là. — Je saurai bien t'attraper, dit le démon. — Tout doux, tout doux, ne te vante donc pas tellement : je suis aussi fort que toi et peut-être même encore plus. — Nous allons bien voir, dit le vieux, si tu es plus fort que moi, je te laisserai aller ; viens, nous allons essayer. » Alors il le conduisit jusqu'à un feu de forge en passant par des corridors sombres, là il prit une hache et d'un seul coup enfonça l'enclume dans le sol. « Je fais mieux que ça encore », dit le garçon en se dirigeant vers l'autre enclume : le vieillard se plaça à côté de lui pour regarder, avec sa barbe blanche qui pendait. Alors le jeune homme saisit la hache et d'un seul coup il fendit l'enclume en coinçant dans la fente la barbe du vieux. « Je te tiens maintenant, dit-il, c'est ton tour de mourir. » Il s'empara alors d'une barre de fer et cogna sur le vieillard de toutes ses forces, jusqu'au moment où celui-ci, tout gémissant, le pria d'arrêter en lui promettant de grandes richesses. Le jeune homme retira la hache et le délivra. Le vieillard le ramena au château et, dans une cave, il lui montra trois coffres pleins d'or. « Il y en a une part pour les pauvres, dit-il, l'autre pour le roi, la troisième est pour toi. » À ce moment minuit sonna et l'esprit disparut, abandonnant le jeune homme dans les ténèbres. « Je me débrouillerai bien pour sortir d'ici », dit-il, il s'en fut à tâtons, trouva le chemin de sa chambre et s'y endormit près de son feu. Le lendemain matin, le roi arriva et dit : « Alors, as-tu appris ce que c'est que la peur ? — Non, répondit-il, qu'est-ce que ça peut bien être ? Feu mon cousin est venu, et aussi un homme barbu qui m'a montré beaucoup d'argent-là, en bas, quant à la peur, personne ne m'a dit ce que c'est. » Alors le roi lui dit : « Tu as délivré le château et tu épouseras ma fille. — Tout cela est bel et bon, dit-il, mais je ne sais toujours pas ce que c'est que la peur. »

On remonta l'or de la cave et l'on célébra les noces, mais quoiqu'il aimât sa femme et fût joyeux, le jeune roi ne cessait de dire : « Ah si je pouvais frissonner de peur ! Ah si je pouvais frissonner de peur ! » Cela finit par fâcher sa femme, et sa camériste lui dit : « Je vais trouver un moyen, il apprendra bien ce que c'est. » Elle alla au ruisseau qui traversait le jardin et se fit chercher un plein seau de goujons. La nuit, comme le jeune roi dormait, sa femme dut lui retirer ses couvertures et l'asperger avec le seau d'eau froide plein de goujons, de sorte que les petits poissons se mirent à frétiller autour de lui. Alors il se réveilla en s'écriant : « Oh ma chère femme, comme j'ai le frisson, comme j'ai le frisson ! Oui, à présent je sais ce que c'est ! »

Hänsel et Gretel

À l'orée d'une grande forêt vivait un pauvre bûcheron avec sa femme et ses deux enfants ; le petit garçon se nommait Hänsel, la petite fille, Gretel. Ils avaient bien du mal à se nourrir et lorsqu'il y eut une famine dans le pays, on ne put même plus trouver le pain quotidien. Couché dans son lit, le bûcheron ruminait tous ses soucis et, une nuit, il dit à sa femme en soupirant :

« Qu'allons-nous devenir ? Comment nourrir nos pauvres enfants, alors que nous n'avons plus rien pour nous-mêmes ?

— Écoute-moi, répondit la femme, nous emmènerons demain de bonne heure les enfants dans la forêt ; nous ferons un feu, nous leur donnerons à chacun un petit morceau de pain, puis nous irons à notre travail et nous les abandonnerons. Ils ne retrouveront pas le chemin de la maison ; nous en serons débarrassés.

— Non, femme, dit l'homme, je ne ferai pas cela. Comment aurais-je le cœur de laisser mes enfants dans la forêt où ils seraient dévorés par les bêtes sauvages !

— Ô fou ! dit-elle, alors, nous mourrons de faim tous les quatre ; tu peux commencer à chercher des planches pour les cercueils. »

Elle ne le laissa pas en repos et il finit par céder. « Mais quel chagrin me font ces pauvres petits ! » disait-il.

Les deux enfants, tenus éveillés par la faim, avaient tout entendu. Gretel versa des larmes amères et dit à son frère :

« C'en est fait de nous !

— Chère Gretel, répondit-il, ne pleure pas ; nous arriverons bien à nous tirer de là. » Dès que les vieux furent endormis, il se leva, mit sa petite veste et se glissa dehors. Devant la maison, sous un beau clair de lune, des petits cailloux blancs brillaient comme des écus. Hänsel ramassa tout ce que pouvaient contenir ses poches et en rentrant, il dit à Gretel :

« Console-toi, chère petite sœur, Dieu ne nous abandonnera pas », et il se recoucha.

Le lendemain dès l'aube, la femme éveilla les deux enfants :

« Debout, paresseux ! nous allons chercher du bois dans la forêt. » Elle leur donna à chacun un petit morceau de pain :

« Voilà pour votre déjeuner ; mais ne le mangez pas trop vite ; vous n'aurez rien d'autre ! »

Gretel mit le pain dans son tablier, car les poches de son frère étaient pleines de cailloux.

Ils prirent tous les quatre le chemin de la forêt. Au bout d'un moment, Hänsel s'arrêta et se tourna du côté de la maison. Comme il fit plusieurs fois ce manège, son père lui dit :

« Que fais-tu, Hänsel, pourquoi te retournes-tu comme ça ? Fais donc attention et ne traîne pas.

— Ah, mon père, je regarde mon petit chat blanc qui est sur le toit et qui veut me dire adieu !

— Petit imbécile, dit la femme, ce n'est pas ton petit chat, mais le soleil du matin qui brille sur la cheminée. »

Hänsel ne regardait pas le chat : il jetait un à un ses cailloux blancs sur le chemin. Quand ils furent au milieu de la forêt, le père s'écria :

« Ramassez du bois, mes enfants, je vais allumer un feu pour que vous n'ayez pas froid. » Hänsel et Gretel firent un tas avec du menu bois et quand le feu commença à flamber, la femme leur dit :

« Reposez-vous près du feu, enfants ; nous allons abattre du bois plus loin. Quand nous aurons fini, nous viendrons vous chercher. »

Hänsel et Gretel s'assirent près du feu et à midi chacun mangea son petit bout de pain. En entendant soudain des coups de hache, ils crurent que leur père était revenu ; hélas, ce n'était qu'une branche détachée qui battait contre un tronc d'arbre ! Ils attendirent longtemps. Leurs yeux se fermèrent de fatigue et ils s'endormirent profondément. Il faisait nuit noire quand ils s'éveillèrent. Gretel se mit à pleurer.

« Jamais nous ne sortirons de la forêt !

— Attends que la lune se lève, dit Hänsel en la consolant, alors nous retrouverons notre chemin. » Et quand la pleine lune fut levée, il prit sa petite sœur par la main et suivit la ligne des cailloux qui brillaient comme des écus neufs. Ils marchèrent toute la nuit et à l'aube, ils arrivèrent devant la maison de leur père. Ils frappèrent à la porte, la femme ouvrit et, voyant Hänsel et Gretel :

« Méchants enfants, dit-elle, comment avez-vous pu dormir si longtemps dans la forêt ! Nous avons cru que vous n'alliez plus revenir. » Le père se réjouit car son cœur était serré de les avoir abandonnés ainsi. Mais la misère revint. « Tout est consommé ! dit une nuit la femme à son mari, nous n'avons plus que la moitié d'une miche de pain ; ensuite, la chanson est finie. Allons perdre les enfants dans le bois, mais cette fois, qu'ils ne retrouvent pas le chemin car c'est notre seule ressource. » Le père était consterné : « Il vaudrait mieux, pensait-il, partager ton dernier croûton avec tes enfants ! » Mais la femme ne voulut rien entendre et le couvrit de reproches : « Qui a dit A doit dire B. Ce qu'on a fait une fois, il faut le refaire. » Les enfants, encore éveillés, avaient écouté tout le dialogue et dès que les vieux furent endormis, Hänsel voulut aller chercher des cailloux comme la dernière fois, mais la femme avait verrouillé la porte et il ne put sortir. Il consola sa petite sœur : « Ne pleure pas, Gretel, dors tranquillement, le bon Dieu nous aidera. »

De grand matin, la femme vint tirer les enfants du lit. Elle leur donna un morceau de pain encore plus petit que la dernière fois. Sur le chemin de la forêt, Hänsel émietta le pain dans sa poche et se mit à jeter les miettes par terre.

« Hänsel, dit son père, qu'as-tu donc à t'arrêter et à te retourner ? allons, avance !

— Je regarde mon petit pigeon qui est sur le toit et veut me dire adieu, répondit Hänsel.

— Petit imbécile, dit la femme, ce n'est pas ton pigeon, c'est le soleil du matin qui brille sur la cheminée. » Mais Hänsel éparpilla toutes les miettes sur le chemin.

La femme conduisit les enfants encore plus profondément dans la forêt, à un endroit où ils n'avaient jamais été de leur vie. On alluma de nouveau un grand feu et la mère leur dit :

« Restez là, enfants, et si vous êtes fatigués, vous pouvez dormir un peu, nous allons abattre du bois et, ce soir, quand nous aurons fini, nous viendrons vous chercher. »

À midi, Gretel partagea son pain avec Hänsel qui avait émietté le sien sur le chemin. Puis ils s'endormirent. Le soir arriva, mais personne ne vint chercher les pauvres enfants. Ils s'éveillèrent dans la nuit noire et Hänsel consola sa petite sœur :

« Attends que la lune se lève, Gretel, nous verrons les miettes de pain que j'ai jetées ; elles nous montreront le chemin de la maison. » Quand la lune se leva, ils se mirent en route mais ils ne trouvèrent plus une miette de pain, les milliers d'oiseaux qui volaient dans la forêt et dans les champs avaient tout picoré. Hänsel dit à Gretel : « Nous trouverons bien notre chemin ! » Mais ils ne le découvrirent pas. Ils marchèrent toute la nuit et encore le lendemain du matin au soir, mais sans arriver à sortir de la forêt. Ils étaient affamés, car ils n'avaient mangé que quelques baies sauvages. Et leurs jambes ne pouvaient plus les porter. Alors, ils se couchèrent sous un arbre et s'endormirent.

Il y avait maintenant trois jours qu'ils avaient quitté la maison paternelle, s'enfonçant toujours plus profondément dans les bois ; si rien ne venait les secourir, leur mort était certaine. Vers midi, ils virent, perché sur une branche, un bel oiseau blanc comme neige qui chantait si merveilleusement qu'ils s'arrêtèrent pour l'écouter. L'oiseau, quand le chant fut fini, ouvrit ses ailes, vola devant eux et les guida jusqu'à une petite maison sur le toit de laquelle il se percha. Cette maisonnette était construite en pain ; le toit, en gâteau et les fenêtres en sucre blanc.

« Ah, dit Hänsel, quel bon repas nous allons faire ! Je vais manger un morceau de toit et tu mangeras, toi, Gretel, un peu de cette fenêtre qui doit être délicieuse. »

Hänsel grimpa sur le toit et commença à en manger un morceau ; Gretel picora un bout de vitre. Soudain, une faible voix sortit de la maison :

> *Picoti, picota,*
> *Qui picore mon petit toit ?*

Les enfants répondirent :

> *C'est le vent, le vent,*
> *Le céleste enfant.*

tout en continuant à manger sans se troubler, Hänsel, qui trouvait le toit à son goût, en prit un gros morceau et Gretel se régala d'un carreau tout entier.

Mais la porte s'ouvrit et une très vieille femme apparut, appuyée sur une béquille. Hänsel et Gretel eurent si peur qu'ils laissèrent échapper ce qu'ils tenaient dans leurs mains. La vieille hocha la tête :

« Eh, chers enfants, dit-elle, qui vous a amenés ici ? Entrez, restez avec moi ; aucun mal ne vous sera fait ! »

Elle les prit par la main et les conduisit dans la petite maison. Que de bonnes choses il y avait ! Du lait, une omelette au sucre, des pommes et des noisettes. Ensuite, elle leur montra deux beaux petits lits tout blancs. Les enfants s'y couchèrent et se crurent au paradis. Mais la vieille n'était pas si gentille qu'elle en avait l'air : c'était une méchante sorcière qui guettait les enfants. Elle n'avait construit cette maison que pour les attirer. Dès que l'un d'eux tombait en son pouvoir, elle le tuait, le faisait cuire et le mangeait : c'était pour elle un festin. Les sorcières ont les yeux rouges et la vue faible, mais elles ont un flair comme les animaux, pour déceler l'approche des humains. Elle s'était mise à rire en sentant Hänsel et Gretel dans son voisinage, et à méchamment persifler : « Ah, je les tiens, ils ne m'échapperont pas ! » Et le lendemain matin, en les voyant si gentiment se reposer, avec leurs belles joues roses, elle marmotta en elle-même : « Hou, le bon petit morceau cela va faire ! » Elle saisit Hänsel de ses mains dures et l'enferma dans une sorte de niche qu'elle ferma avec une porte à claire-voie. Il eut beau crier tant qu'il put, rien n'y fit. Puis elle alla secouer Gretel : « Debout, paresseuse ! apporte de l'eau et cuis-moi quelque chose de bon pour ton frère qui est là, dans la niche. Il faut qu'il grossisse et, quand il sera bien gras, je le mangerai. » Gretel pleura amèrement, mais en vain, il lui fallut obéir à la méchante sorcière. Le pauvre Hänsel eut la plus succulente nourriture et elle, les rogatons. Tous les matins, la vieille allait à la niche et criait :

« Hänsel, sors un doigt, que je voie si tu deviens

assez gras. » Mais Hänsel passait un petit os que la vieille, avec ses yeux troubles, prenait pour un doigt et elle s'étonnait qu'il ne grossisse pas plus vite. Quatre semaines passèrent et Hänsel restait toujours aussi maigre. Alors, elle perdit patience.

« Holà, Gretel, apporte vite de l'eau. Que Hänsel soit gros ou maigre, je veux, ce matin, le faire cuire ! »

Hélas, comme elle pleura en apportant de l'eau, la pauvre petite sœur ! Que de larmes coulaient sur ses joues ! « Oh mon Dieu, viens à notre aide, pria-t-elle. Ah, si les bêtes sauvages nous avaient dévorés dans la forêt, au moins nous serions morts ensemble !

— Cesse tes doléances, dit la vieille, cela ne sert à rien. »

Gretel dut pendre la bouilloire pleine d'eau et allumer le feu dessous. « Nous allons d'abord faire la pâte, dit la vieille. J'ai chauffé le four et pétri le pain. » Elle poussa la pauvre Gretel vers le four : « Entre là, dit la sorcière, et regarde s'il est assez chaud pour enfourner la pâte. » Et quand la petite fille se fut approchée elle voulut l'enfermer dans le four pour la rôtir et la manger, elle aussi. Mais Gretel avait deviné ses desseins :

« Je ne sais que faire, comment entrerai-je là ?

— Petite oie, dit la vieille, l'ouverture est bien assez grande, regarde, je puis y entrer moi-même... » Et de s'approcher et de mettre sa tête dans le four. Alors Gretel lui donne un coup qui la pousse à l'intérieur, ferme la porte du four et tire le verrou. Hou ! elle se met à hurler effroyablement, mais Gretel s'enfuit et la damnée sorcière brûle de façon atroce.

Gretel courut tout droit délivrer Hänsel :

« Nous sommes délivrés, Hänsel ! la vieille sorcière est morte ! »

Il s'élança, pareil à l'oiseau qui s'échappe d'une cage. Comme ils se réjouirent, se sautèrent au cou et s'embrassèrent ! Du haut en bas, ils visitèrent la maison : il y avait, dans tous les coins, des coffres pleins de pierres précieuses et de perles : « Voici qui vaut encore mieux que mes cailloux ! » dit Hänsel en mettant dans ses poches tout ce qu'elles pouvaient contenir. Et Gretel : « Je veux aussi en remplir mon petit tablier !

— Partons, dit Hänsel, sortons de cette forêt enchantée. » Au bout de quelques heures, ils arrivèrent devant un grand lac.

« Nous ne pouvons traverser, dit-il, je ne vois ni passerelle ni pont.

— Il n'y a pas de barque non plus, dit Gretel, mais là-bas, nage un canard blanc ; si je le lui demande, il nous aidera à passer. »

Et elle s'écria :

Petit canard, caneton,
Voici Gretel et Hänsel ;
Ni passerelle ni pont !
Prends-nous sur tes blanches ailes...

Le canard approche et Hänsel s'assied sur lui et prie sa sœur d'en faire autant :

« Non, répond-elle, ce serait trop lourd pour le petit canard ; il nous passera l'un après l'autre. »

Ainsi fit la bonne petite bête et dès qu'ils eurent traversé l'eau, la région leur devint familière et ils aperçurent de loin la maison paternelle. Ils se mirent à courir, et tombèrent dans les bras de leur père. L'homme n'avait pu prendre aucun repos depuis qu'il avait perdu les enfants dans la forêt. La femme était morte. Gretel secoua son tablier ; les perles et les pierres précieuses s'éparpillèrent sur le sol et Hänsel en sortit de sa poche par poignées. Ce fut la fin de leurs soucis ; ils vécurent ensemble, très heureux. Mon conte est fini, dehors court une souris, celui qui l'attrapera, un grand capuchon fourré se fera.

Cendrillon

Un homme riche avait une femme qui tomba malade, et quand elle sentit sa fin approcher, elle appela sa fille unique à son chevet et lui dit : « Chère enfant, reste pieuse et bonne, alors le bon Dieu te viendra toujours en aide, et moi du haut du ciel je te regarderai et je veillerai sur toi. » Là-dessus elle ferma les yeux et mourut. La fillette se rendit chaque jour sur la tombe de sa mère et pleura et resta pieuse et bonne. Quand vint l'hiver, la neige mit un tapis blanc sur la tombe et quand le soleil du printemps l'eut retiré, l'homme prit une autre femme.

La femme avait amené avec elle deux filles qui étaient jolies et blanches de visage, mais laides et noires de cœur. Alors les tourments commencèrent pour la pauvre belle-fille. « Cette petite oie va-t-elle rester avec nous dans la salle ? dirent-elles, qui veut manger du pain doit le gagner ; dehors le souillon ! » Elles lui enlevèrent ses belles robes, la vêtirent d'un vieux sarrau gris et lui donnèrent des sabots de bois.

« Voyez un peu la fière princesse, comme elle est bien nippée ! » s'écrièrent-elles en riant, et elles la conduisirent à la cuisine. Là, il lui fallut trimer dur du matin au soir, se lever bien avant le jour, porter l'eau, allumer le feu, faire la cuisine et la lessive. Par-dessus le marché, les deux sœurs lui faisaient toutes les misères imaginables, se moquaient d'elle, lui renversaient pois et lentilles, de sorte qu'il lui fallait rester à la cuisine et recommencer à les trier. Le soir, quand elle était exténuée de travail, elle ne se reposait pas dans un lit, elle devait se coucher près du foyer, dans les cendres. Et comme cela lui donnait toujours un air poussiéreux et malpropre, elles l'appelaient Cendrillon.

Il advint un jour que le père voulut se rendre à la foire, alors il demanda à ses deux belles-filles ce qu'il devait leur rapporter. « De beaux habits », dit l'une. « Des perles et des pierres précieuses », dit la seconde. « Mais toi, Cendrillon, que désires-tu ? dit-il. — Père, le premier rameau qui, sur le chemin du retour, heurtera votre chapeau, cueillez-le pour moi. » Il acheta pour les deux sœurs de belles robes, des perles et des pierres précieuses et sur le chemin du retour, comme il passait à cheval à travers un buisson verdoyant, une branche de noisetier l'effleura et lui enleva son chapeau. Alors il cassa la branche et l'emporta. Rentré chez lui, il donna à ses belles-filles ce qu'elles avaient souhaité, et à Cendrillon la branche de noisetier. Cendrillon le remercia, alla sur la tombe de sa mère et y planta la branche, et pleura si fort que ses larmes tombèrent dessus et l'arrosèrent. Or le rameau grandit et devint un bel arbre. Et trois fois par jour Cendrillon allait pleurer et prier sous son arbre, et chaque fois un petit oiseau blanc y venait et quand elle exprimait un souhait, l'oiseau faisait tomber entre ses mains ce qu'elle avait souhaité.

Or, il arriva que le roi donna une fête qui devait durer trois jours et à laquelle il invita toutes les jolies filles du pays afin que son fils pût choisir une fiancée. Quand les deux sœurs apprirent qu'elles devaient s'y montrer aussi, elles furent ravies, elles appelèrent Cendrillon et dirent : « Peigne nos cheveux, brosse nos souliers et serre bien les boucles, nous allons pour la noce au château du roi. » Cendrillon obéit, mais elle pleura parce qu'elle aurait bien voulu aller aussi au bal et elle pria sa belle-mère de le lui permettre. « Mais Cendrillon, dit-elle, tu es pleine de poussière et de saletés et tu veux aller à la noce ? Tu n'as pas de robes, pas de chaussures, et tu veux aller danser ? » Mais comme elle persistait dans ses prières, la belle-mère dit enfin : « Je t'ai versé un plat de lentilles dans les cendres, si dans deux heures tu les as triées, tu viendras avec nous. » La jeune fille sortit dans le jardin par la porte de derrière et cria : « Pigeons dociles, tourterelles, et vous tous oiseaux du ciel, venez et aidez-moi à trier

> *les bonnes graines dans le petit pot,*
> *les mauvaises dans votre jabot.*

Alors deux colombes blanches entrèrent par la fenêtre de la cuisine, puis les petites tourterelles, enfin tous les oiseaux du ciel arrivèrent dans un frémissement d'ailes et voletèrent et se posèrent autour des cendres. Et les pigeonneaux penchèrent leurs petites têtes et commencèrent, pic, pic, pic, et les autres s'y mirent aussi, pic, pic, pic, et ramassèrent tous les bons grains dans le plat. Au bout d'une heure à peine, ils avaient déjà fini et reprenaient tous leur vol. Alors la jeune fille alla porter le plat à sa marâtre, elle était joyeuse et croyait que maintenant elle aurait le droit d'accompagner les autres à la noce. Mais elle lui dit : « Non, Cendrillon, tu n'as pas d'habits et tu ne sais pas danser : on ne ferait que se moquer de toi. » Comme Cendrillon pleurait, elle lui dit : « Si tu peux débarrasser de la cendre deux plats de lentilles en une heure, tu viendras avec nous », et elle pensait : « Jamais elle ne le pourra. » Quand elle eut répandu les deux plats dans les cendres, la jeune fille sortit dans le jardin par la porte de derrière et cria : « Pigeons dociles, petites tourterelles et vous tous, oiseaux du ciel, venez et aidez-moi à trier

> *les bonnes graines dans le petit pot,*
> *les mauvaises dans votre jabot.*

Alors deux colombes blanches entrèrent par la fenêtre de la cuisine, puis les petites tourterelles, et enfin tous les oiseaux du ciel arrivèrent dans un frémissement d'ailes et voletèrent et se posèrent autour de la cendre. Et les pigeonneaux penchèrent leurs petites têtes et commencèrent, pic, pic, pic, et les autres s'y mirent aussi, pic, pic, pic, et ramassèrent tous les bons grains dans les plats. Et avant qu'une demi-heure fût passée, ils avaient déjà fini et tous reprirent leur vol. Alors la jeune fille alla porter les plats à sa marâtre, elle était joyeuse et croyait que maintenant elle pourrait l'accompagner à la noce. Mais elle dit : « Tout cela ne sert de rien ; tu ne viendras pas avec nous, car tu n'as pas d'habits et tu ne sais pas danser : tu nous ferais honte. » Puis elle lui tourna le dos et se hâta de partir avec ses deux filles orgueilleuses.

Quand il n'y eut plus personne à la maison, Cendrillon alla sur la tombe de sa mère, sous le noisetier, et s'écria :

Petit arbre, agite-toi et secoue-toi.
Jette de l'argent et de l'or sur moi.

Alors l'oiseau lui jeta une robe d'or et d'argent et des pantoufles brodées de soie et d'argent. Elle mit la robe en toute hâte et alla à la noce. Mais ses sœurs et sa marâtre ne la reconnurent pas et pensèrent que ce devait être une princesse étrangère, tant elle était belle dans sa toilette d'or. Elles ne pensaient pas du tout à Cendrillon, elles la croyaient à la maison, assise dans la crasse à chercher les lentilles parmi les cendres. Le fils du roi alla au-devant d'elle, la prit par la main et dansa avec elle. Il ne voulut danser avec personne d'autre, de sorte qu'il ne lui lâcha plus la main et quand un cavalier venait l'inviter, il lui disait : « C'est ma cavalière. »

Elle dansa jusqu'au soir, alors elle voulut rentrer chez elle. Mais le fils du roi dit : « Je vais avec toi et je t'accompagne », car il voulait voir à qui appartenait cette jolie jeune fille. Mais elle lui échappa en sautant dans le pigeonnier. Alors le fils du roi attendit le père et lui dit que la jeune fille inconnue avait sauté dans son pigeonnier. Le vieux se demanda : « Serait-ce Cendrillon ? », et ils durent lui apporter une hache et une pioche pour démolir le pigeonnier. Mais il n'y avait personne dedans. Et quand ils entrèrent dans la maison, Cendrillon était couchée dans la cendre avec ses vêtements sales, et une petite lampe à huile jetait une lueur trouble dans la cheminée ; car Cendrillon avait vivement sauté du pigeonnier, par-derrière, et avait couru au noisetier. Là elle avait retiré ses beaux vêtements, les avait mis sur la tombe et l'oiseau les avait remportés, puis, vêtue de son sarrau gris, elle s'était assise près de l'âtre, dans la cuisine.

Le lendemain, comme la fête recommençait

et que ses parents et ses sœurs étaient de nouveau partis, Cendrillon alla au noisetier et dit :

Petit arbre, agite-toi et secoue-toi,
Jette de l'or et de l'argent sur moi.

Alors l'oiseau lui jeta une robe encore plus splendide que la veille. Et quand, dans cette toilette, elle fit son apparition à la fête, chacun s'extasia sur sa beauté. Mais le fils du roi avait attendu sa venue, il la prit aussitôt par la main et ne dansa qu'avec elle. Quand les autres venaient l'inviter, il disait : « C'est ma cavalière. » Le soir venu, elle voulut partir, et le fils du roi la suivit pour voir dans quelle maison elle allait : mais elle lui échappa en sautant dans le jardin derrière sa maison. Il y avait là un grand et bel arbre couvert des poires les plus merveilleuses, elle grimpa entre les branches, aussi lestement qu'un écureuil, et le prince ne sut pas où elle avait passé. Mais il attendit le père et lui dit : « La jeune fille inconnue m'a échappé et je crois qu'elle a sauté dans le poirier. » Le père se demanda : « Serait-ce Cendrillon ? », il envoya chercher une hache et abattit l'arbre, mais il n'y avait personne dessus. Et quand ils entrèrent dans la cuisine, Cendrillon était couchée dans la cendre, comme à l'accoutumée, car elle avait sauté par terre de l'autre côté de l'arbre, avait rapporté ses beaux habits à l'oiseau du noisetier et remis son sarrau gris.

Le troisième jour, quand ses parents et ses sœurs furent partis, Cendrillon retourna sur la tombe de sa mère et dit à l'arbuste :

Petit arbre, agite-toi et secoue-toi,
Jette de l'or et de l'argent sur moi.

Alors l'oiseau lui jeta une robe qui était si somptueuse et si brillante qu'elle n'en avait pas encore eu de pareille, et les pantoufles étaient tout en or. Quand elle arriva à la fête, dans cette toilette, tous furent interdits d'admiration. Le fils du roi ne dansa qu'avec elle, et quand quelqu'un d'autre l'invitait, il disait : « C'est ma cavalière. »

Le soir venu, Cendrillon voulut s'en aller et le fils du roi voulut l'accompagner, mais elle lui échappa si vite qu'il ne put la suivre. Seulement, le prince avait usé de ruse et fait enduire de poix tout l'escalier. Alors, comme la jeune fille descendait en sautant, sa pantoufle gauche resta engluée. Le prince la ramassa, elle était petite et mignonne et tout en or. Le lendemain il s'en vint trouver le père et lui dit : « Je ne prendrai pour épouse que celle qui pourra chausser cette chaussure d'or. » Alors les deux sœurs se réjouirent, car elles avaient de jolis pieds. L'aînée alla dans sa chambre avec la pantoufle pour l'essayer, et sa mère était là. Mais elle ne put y faire entrer son gros orteil, le soulier était trop petit pour elle, alors sa mère lui tendit un couteau et lui dit : « Coupe-toi le doigt ; quand tu seras reine, tu n'auras plus besoin d'aller à pied. » La jeune fille se coupa l'orteil, força son pied à entrer dans la chaussure et alla retrouver le prince. Alors il la prit sur son cheval comme sa fiancée et partit avec elle. Mais ils durent passer devant la tombe, les deux petites colombes du noisetier étaient là et crièrent :

> *Tour nou touk, tour nou touk,*
> *Sang dans la pantouk,*
> *Le soulier est trop petit,*
> *La vraie fiancée est encore au logis.*

Alors le prince regarda le pied et vit que le sang en coulait. Il tourna bride, ramena la fausse fiancée chez elle, dit que ce n'était pas la bonne et qu'il fallait que l'autre sœur essayât le soulier. Alors celle-ci alla dans la chambre et put faire entrer ses orteils dans la chaussure, mais son talon était trop grand. Alors sa mère lui tendit un couteau et lui dit : « Coupe-toi un bout de talon. Quand tu seras reine, tu n'auras pas besoin d'aller à pied. » La jeune fille se coupa un morceau de talon, força son pied à entrer dans la chaussure, réprima sa douleur et sortit retrouver le prince. Alors il la prit sur son cheval comme sa fiancée et partit avec elle. Quand ils passèrent devant le noisetier, les petites colombes qui y étaient perchées crièrent :

Tour nou touk, tour nou touk,
Sang dans la pantouk,
Le soulier est trop petit,
La vraie fiancée est encore au logis.

Il baissa les yeux vers le pied et vit que le sang coulait de la chaussure et montait tout rouge le long des bas blancs. Alors il tourna bride et ramena la fausse fiancée chez elle. « Celle-là n'est pas non plus la bonne, dit-il, n'avez-vous pas d'autre fille ? — Non, dit l'homme, mais j'ai encore de ma défunte femme une petite bête de Cendrillon. Impossible qu'elle soit la fiancée. » Le fils du roi dit qu'il fallait l'envoyer chercher, mais la mère répondit : « Oh non, elle est bien trop sale, elle ne peut pas se montrer. » Mais il le voulait absolument et il fallut appeler Cendrillon. Alors elle se lava d'abord les mains et la figure, puis elle vint et s'inclina devant le fils du roi, qui lui tendit la pantoufle d'or. Ensuite elle s'assit sur un escabeau, sortit le pied de son lourd sabot et le mit dans la pantoufle qui lui allait comme un gant. Et quand elle se redressa et que le roi vit son visage, il reconnut la jolie jeune fille avec laquelle il avait dansé et s'écria : « Voilà la vraie fiancée. » La marâtre et les deux sœurs furent terrifiées et devinrent blanches de rage. Mais lui, il prit Cendrillon sur son cheval et partit avec elle. Quand ils passèrent devant le noisetier, les deux colombes blanches crièrent :

Tour nou touk, tour nou touk,
Pas de sang dans la pantouk,
Le soulier n'est pas trop petit,
C'est la vraie fiancée qu'il mène au logis.

Puis quand elles eurent crié cela, elles descendirent toutes deux et se posèrent sur les épaules de Cendrillon, l'une à droite, l'autre à gauche, et y restèrent juchées.

Au moment où l'on célébrait ses noces avec le fils du roi, ses perfides sœurs vinrent la voir et voulurent s'insinuer dans ses bonnes grâces pour avoir part à sa fortune. Comme les fiancés allaient à l'église, l'aînée marchait à droite et la cadette à gauche. Alors les colombes vinrent crever un œil à chacune d'elles. Ainsi, pour leur méchanceté et leur perfidie, elles furent punies de cécité pour le restant de leurs jours.

La Belle au Bois Dormant

Il y avait autrefois un roi et une reine qui disaient chaque jour : « Ah, que ne pouvons-nous avoir un enfant ! » et jamais il ne leur en venait. Or, un jour que la reine était au bain, une grenouille sortit de l'eau, vint à terre et lui dit : « Ton souhait va être exaucé, avant qu'un an ne soit écoulé tu mettras une fille au monde. » Ce que la grenouille avait dit s'accomplit et la reine eut une fille si jolie que le roi ne put se tenir de joie et donna une grande fête. Il n'y invita pas seulement ses parents, amis et connaissances, mais aussi les sages-femmes, afin qu'elles fussent propices et favorables à son enfant. Il y en avait treize dans tout le royaume, mais comme il ne possédait que douze assiettes d'or dans lesquelles les faire manger, il y en eut une qui dut rester chez elle. La fête fut célébrée en grande pompe et quand elle fut finie, les sages-femmes firent à l'enfant leurs dons merveilleux : l'une lui donna la vertu, l'autre la beauté, et la troisième la richesse et il en fut ainsi de tout ce que l'on peut désirer en ce monde. Onze d'entre elles venaient de prononcer leurs formules magiques quand la treizième entra soudain. Elle voulait se venger de n'être pas invitée, et sans un salut ou même un regard pour personne, elle s'écria à haute voix : « Dans sa quinzième année, la princesse se piquera avec un fuseau et tombera morte. » Puis sans dire un mot de plus, elle fit demi-tour et quitta la salle. Tous étaient effrayés, alors la douzième, qui avait encore un vœu à faire, s'avança, et comme elle ne pouvait pas annuler le mauvais sort, mais seulement l'adoucir, elle dit : « Ce n'est pas dans la mort que la princesse tombera, mais un profond sommeil de cent ans. »

Le roi, qui aurait bien voulu préserver son enfant chérie du malheur, fit publier l'ordre de brûler les fuseaux de tout le royaume. Cependant, les dons des sages-femmes s'accomplissaient, car la fillette était si belle, modeste, aimable et intelligente que tous ceux qui la voyaient ne pouvaient s'empêcher de l'aimer. Or, il advint, juste le jour de ses quinze ans, que le roi et la reine s'absentèrent et que la jeune fille resta seule au château. Alors elle se promena partout, visita salles et chambres à son gré, et finit par arriver ainsi devant un vieux donjon. Elle gravit l'étroit escalier en colimaçon et se trouva devant une petite porte. Il y avait une clé rouillée dans la serrure, et comme elle tournait, la porte s'ouvrit, et voici que dans un petit galetas, une vieille femme était assise, qui filait activement son lin avec son fuseau. « Bonjour, petite mère, dit la fille du roi, que fais-tu là ? — Je file, dit la vieille en hochant la tête. — Qu'est-ce donc que cette chose qui sautille si joyeusement ? » dit la jeune fille. Elle prit le fuseau et voulut filer à son tour. Mais à peine y eut-elle touché que la sentence magique s'accomplit et qu'elle se piqua le doigt.

Or, à l'instant où elle sentit la piqûre, elle tomba sur le lit qui se trouvait là, et resta plongée dans un profond sommeil. Et ce sommeil se propagea à tout le château. Le roi et la reine, qui revenaient justement et entraient dans la salle, commencèrent à s'endormir et toute leur suite avec eux. Alors les chevaux s'endormirent aussi dans l'écurie, les chiens dans la cour, les pigeons sur le toit, les mouches sur le mur, le feu lui-même, qui flambait dans l'âtre, se tut et s'endormit, le rôti cessa de rissoler et le cuisinier, qui s'apprêtait à tirer le marmiton par les cheveux parce qu'il avait commis une bévue, le lâcha et dormit. Et le vent tomba, et sur les arbres, devant le château, pas une petite feuille ne continua à bouger.

Or, tout autour du château une haie d'épines commença à pousser, qui grandit d'année en année et finalement entoura tout le château et s'éleva même plus haut que lui, si bien qu'on ne pouvait plus rien en voir, pas même la girouette sur le toit. Cependant, la légende de la Belle au

Bois Dormant se répandait dans le pays, car c'est ainsi qu'on appelait la princesse, si bien que de temps en temps il venait des fils de roi qui tentaient de pénétrer dans le château à travers la haie. Mais ils ne le pouvaient pas, car les épines se tenaient aussi solidement que si elles avaient eu des mains, et les jeunes gens y restaient pris sans pouvoir se dégager et périssaient d'une mort lamentable. Au bout de longues, longues années, un prince passa de nouveau par le pays et il entendit un vieillard raconter que derrière la haie d'épines, il y avait un château où une princesse d'une beauté merveilleuse, nommée la Belle au Bois Dormant, dormait depuis déjà cent ans, et qu'avec elle dormaient le roi, la reine et toute la cour. Il tenait aussi de son grand-père que beaucoup de fils de rois étaient déjà venus pour essayer de passer à travers la haie, mais qu'ils y étaient restés accrochés et avaient péri d'une triste mort. Alors le jeune homme dit : « Je n'ai pas peur, je veux y aller et voir la Belle au Bois Dormant. » Le bon vieux eut beau le lui déconseiller, il ne voulut rien entendre.

Or, les cent ans étaient justement écoulés et le jour était venu où la Belle devait se réveiller. Et quand le prince s'approcha de la haie d'épines, il ne trouva rien que de belles et grandes fleurs qui s'ouvrirent d'elles-mêmes, le laissèrent passer sans dommage et se refermèrent en formant une haie derrière lui. Dans la cour du château, les chevaux et les chiens de chasse tachetés étaient couchés et dormaient, les pigeons perchés sur le toit avaient caché leur petite tête sous leur aile. Et quand il entra dans la maison, les mouches dormaient sur les murs, dans la cuisine le maître queux faisait toujours le geste d'empoigner le marmiton, et la servante était encore assise devant la poule noire qu'elle s'apprêtait à plumer, et dans la grande salle, il vit toute la cour couchée et dormant, et en haut, le roi et la reine étendus près du trône. Alors il alla encore plus loin et tout était tellement silencieux qu'on pouvait s'entendre respirer, et enfin il arriva au donjon et ouvrit la porte du petit galetas où la Belle était endormie. Elle était là, si jolie qu'il ne pouvait détacher d'elle ses regards, et se baissant il lui donna un baiser. À peine l'eut-il effleurée de son baiser que la Belle au Bois Dormant ouvrit les yeux, se réveilla et le regarda d'un air tout à fait affable. Alors ils descendirent ensemble et le roi se réveilla, ainsi que la reine et toute la cour, et ils se regardèrent en ouvrant de grands yeux. Et dans la cour les chevaux se levèrent et se secouèrent, les chiens de chasse sautèrent et remuèrent la queue, les pigeons du toit sortirent leur tête de dessous leur aile, regardèrent autour d'eux et prirent leur vol vers les champs. Les mouches continuèrent à marcher sur les murs, le feu dans la cuisine reprit, flamba et fit cuire le repas. Le rôti se remit à rissoler et le cuisinier donna au marmiton une gifle qui le fit crier, et la servante finit de plumer le poulet. Alors les noces du prince avec la Belle furent célébrées en grande pompe et ils vécurent heureux jusqu'à la fin de leurs jours.

Blancheneige

Un jour, c'était au beau milieu de l'hiver et les flocons de neige tombaient du ciel comme du duvet, une reine était assise auprès d'une fenêtre encadrée d'ébène noir, et cousait. Et tandis qu'elle cousait ainsi et regardait neiger, elle se piqua le doigt avec son aiguille et trois gouttes de sang tombèrent dans la neige. Et le rouge était si joli à voir sur la neige blanche qu'elle se dit : « Oh, puissé-je avoir une enfant aussi blanche que la neige, aussi rouge que le sang et aussi noire que le bois de ce cadre ! » Peu après, elle eut une petite fille qui était aussi blanche que la neige, aussi rouge que le sang et aussi noire de cheveux que l'ébène, et que pour cette raison on appela Blancheneige. Et quand l'enfant fut née, la reine mourut.

Un an plus tard, le roi prit une autre épouse. C'était une belle femme, mais fière et hautaine, et elle ne pouvait pas souffrir que quelqu'un la surpassât en beauté. Elle avait un miroir magique, quand elle se mettait devant et s'y contemplait, elle disait :

Petit miroir, petit miroir chéri,
Quelle est la plus belle de tout le pays ?

et le miroir répondait :

Madame la Reine, vous êtes la plus belle de tout le pays.

Alors elle était tranquille, car elle savait que le miroir disait vrai.

Cependant Blancheneige grandissait et embellissait de plus en plus ; quand elle eut sept ans, elle était aussi belle que la lumière du jour et plus belle que la reine elle-même. Et un jour que celle-ci demandait au miroir :

Petit miroir, petit miroir chéri,
Quelle est la plus belle de tout le pays ?

il répondit :

Madame la Reine, vous êtes la plus belle ici,
Mais Blancheneige est mille fois plus jolie.

Alors, la reine prit peur et devint jaune et verte de jalousie. Dès lors, quand elle apercevait Blancheneige, son cœur se retournait dans sa poitrine, tant elle haïssait l'enfant. Et sa jalousie et son orgueil ne cessaient de croître comme une mauvaise herbe, de sorte qu'elle n'avait de repos ni le jour ni la nuit. Alors elle fit venir un chasseur et lui dit : « Emmène cette enfant dans la forêt, je ne veux plus l'avoir sous les yeux. Tu la tueras et tu me rapporteras son foie et ses poumons comme preuve. »

Le chasseur obéit et l'emmena, mais quand il eut tiré son poignard et voulut percer le cœur innocent de Blancheneige, elle se mit à pleurer et dit : « Mon bon chasseur, laisse-moi la vie, je m'enfuirai dans le bois sauvage et je ne rentrerai plus jamais. » Et comme elle était si jolie, le chasseur eut pitié et dit : « Cours donc, pauvre enfant — Les bêtes sauvages auront tôt fait de te dévorer », pensa-t-il, mais à l'idée de n'avoir pas à la tuer, il se sentait soulagé d'un grand poids. Et comme un jeune marcassin venait vers lui en bondissant, il l'égorgea, prit ses poumons et son foie, et les rapporta à la reine comme preuve. Le cuisinier dut les faire cuire au sel, et la méchante femme les mangea et crut avoir mangé les poumons et le foie de Blancheneige.

Maintenant, la pauvre enfant était toute seule dans les grands bois et avait si grand-peur qu'elle regardait toutes les feuilles des arbres et ne savait à quel saint se vouer. Alors elle se mit à courir sur les cailloux et à travers les ronces, et les bêtes sauvages passaient devant elle en bondissant, mais elles ne lui faisaient pas de mal.

Elle courut aussi longtemps que ses jambes purent la porter, jusqu'à la tombée du jour, alors elle vit une petite maison et y entra pour se reposer. Dans la cabane, tout était petit, mais si mignon et si propre qu'on ne saurait en donner une idée. Il y avait une petite table recouverte d'une nappe blanche avec sept petites assiettes, chacune avec sa petite cuiller, puis sept petits couteaux et fourchettes et sept petits gobelets. Sept petits lits étaient placés l'un à côté de l'autre contre le mur, et ils étaient couverts de draps blancs comme neige. Blanche-neige, qui avait grand-faim et grand-soif, mangea un peu de légumes et de pain dans chaque petite assiette et but une goutte de vin dans chaque petit gobelet, car elle ne voulait pas tout prendre au même. Ensuite, elle était tellement lasse qu'elle se coucha dans un petit lit, mais aucun ne lui allait, l'un était trop long, l'autre trop court, enfin le septième fut à sa taille : elle y resta, se recommanda à Dieu et s'endormit.

Quand il fit tout à fait nuit, les maîtres du logis rentrèrent ; c'étaient les sept nains qui travaillaient dans les montagnes, creusant et piochant pour en extraire le minerai. Ils allumèrent leurs sept petites chandelles et dès qu'il fit clair dans la maison, ils virent qu'il était venu quelqu'un, car tout n'était plus dans l'ordre où ils l'avaient laissé. Le premier dit : « Qui s'est assis sur ma petite chaise ? » Le second : « Qui a mangé dans ma petite assiette ? » Le troisième : « Qui a pris de mon petit pain ? » Le quatrième : « Qui a mangé de mes petits légumes ? » Le cinquième : « Qui a piqué avec ma petite fourchette ? » Le sixième : « Qui a coupé avec mon petit couteau ? » Le septième : « Qui a bu dans mon petit gobelet ? » Puis le premier regarda autour de lui, vit un creux dans son lit et s'écria : « Qui est entré dans mon petit lit ? » Les autres accoururent et s'écrièrent : « Quelqu'un a couché dans le mien aussi ! » Mais en regardant dans son lit, le septième aperçut Blancheneige qui y était couchée et dormait. Alors il appela les autres qui se précipitèrent et poussèrent des cris de surprise, ils allèrent chercher leurs sept petites chandelles, et éclairèrent Blancheneige. « Ô mon Dieu, s'écrièrent-ils, mon Dieu, que cette enfant est donc belle ! » Et leur joie fut si grande qu'ils ne la réveillèrent pas, mais la laissèrent dormir dans son petit lit. Quant au septième nain, il coucha avec ses compagnons, une heure avec chacun, et la nuit se trouva passée.

Le matin venu, Blancheneige se réveilla et en voyant les sept nains, elle fut prise de peur. Mais ils se montrèrent gentils et lui demandèrent : « Comment t'appelles-tu ? — Je m'appelle Blancheneige », répondit-elle. « Comment es-tu venue chez nous ? » Alors elle leur raconta que sa marâtre avait voulu la faire tuer, mais que le chasseur lui avait laissé la vie, et qu'elle avait couru tout le jour, jusqu'au moment où elle avait enfin trouvé leur maisonnette. Les nains lui dirent : « Si tu veux t'occuper de notre ménage, faire la cuisine, les lits, la lessive, coudre et tricoter, tu peux rester chez nous, tu ne manqueras de rien. — Oui, répondit Blancheneige, j'accepte de tout mon cœur », et elle resta chez eux. Elle tint la maison en ordre. Le matin, ils partaient pour les montagnes où ils cherchaient le minerai et l'or, le soir ils rentraient et alors leur repas devait être préparé. La fillette étant seule tout le jour, les bons nains lui conseillèrent la prudence et dirent : « Prends garde à ta belle-mère, elle saura bientôt que tu es ici, surtout ne laisse entrer personne. »

Mais la reine, croyant avoir mangé le foie et les poumons de Blancheneige, ne douta pas d'être de nouveau la première et la plus belle de toutes, elle se mit devant son miroir et dit :

Petit miroir, petit miroir chéri,
Quelle est la plus belle de tout le pays ?

Alors le miroir répondit :

Madame la Reine, vous êtes la plus belle ici,
Mais Blancheneige au-delà des monts
Chez les sept nains
Est encore mille fois plus jolie.

Alors la frayeur la prit, car elle savait que le miroir ne disait pas de mensonge, elle comprit que le chasseur l'avait trompée et que Blancheneige était toujours en vie. Et alors elle se creusa de nouveau la cervelle pour trouver un moyen de la tuer, car, tant qu'elle n'était pas la plus belle de tout le pays, la jalousie ne lui laissait pas de repos. Et quand elle eut enfin imaginé un moyen, elle se farda le visage, s'habilla en vieille mercière et fut tout à fait méconnaissable. Ainsi faite, elle se rendit chez les sept nains par-delà les sept montagnes, frappa à la porte et cria : « Belle marchandise à vendre ! À vendre ! » Blancheneige regarda par la fenêtre et dit : « Bonjour, ma brave femme, qu'avez-vous à vendre ? — De la bonne marchandise, de la belle marchandise, répondit-elle, des lacets de toutes les couleurs », et elle en sortit un, qui était fait de tresses multicolores : « Je peux bien laisser entrer cette brave femme », se dit Blancheneige, elle tira le verrou et fit emplette du joli lacet. « Enfant, dit la vieille, comment es-tu fagotée ! Viens ici, que je te lace comme il faut. » Blancheneige ne se méfiait pas, elle se plaça devant elle et se fit mettre le lacet neuf. Mais la vieille la laça si vite et la serra tant que Blancheneige en perdit le souffle et tomba comme morte. « Maintenant, dit la vieille, tu as cessé d'être la plus belle », et elle s'en fut en courant.

Peu après, à l'heure du dîner, les sept nains rentrèrent chez eux, mais quelle ne fut pas leur frayeur en voyant leur chère Blancheneige couchée par terre ; et elle ne remuait et ne bougeait pas plus qu'une morte. Ils la relevèrent et, découvrant qu'elle était trop serrée, coupèrent le lacet. Alors elle se remit à respirer un peu et se ranima petit à petit. Quand les nains apprirent ce qui s'était passé, ils dirent : « La vieille mercière n'était autre que cette reine impie. Sois sur tes gardes, et ne laisse entrer personne quand nous ne sommes pas près de toi. »

Sitôt rentrée chez elle cependant, la mégère alla devant son miroir et demanda :

Petit miroir, petit miroir chéri,
Quelle est la plus belle de tout le pays ?

Alors il répondit comme l'autre fois :

Madame la Reine, vous êtes la plus belle ici,
Mais Blancheneige au-delà des monts
Chez les sept nains
Est encore mille fois plus jolie.

En entendant ces mots, elle fut si effrayée que tout son sang reflua vers son cœur, car elle voyait bien qu'une fois encore, Blancheneige avait recouvré la vie. « Mais maintenant, dit-elle, je vais inventer quelque chose qui te fera périr », et à l'aide de tours magiques qu'elle connaissait, elle fabriqua un peigne empoisonné. Puis elle se déguisa et prit la forme d'une autre vieille femme. Elle se rendit chez les sept nains par-delà les sept montagnes, frappa à la porte et cria : « Bonne marchandise à vendre ! À vendre ! » Blancheneige regarda dehors et dit : « Passez votre chemin, je ne peux laisser entrer personne. — Tu as bien le droit de regarder », dit la vieille, elle sortit le peigne empoisonné et le tint en l'air. Il plut tellement à l'enfant qu'elle se laissa tenter et ouvrit la porte. Lorsqu'elles furent d'accord sur l'achat, la vieille lui dit : « À présent, je vais te coiffer comme il faut. » La pauvre Blancheneige, qui ne se méfiait de rien, laissa faire la vieille, mais à peine celle-ci lui eut-elle mis le peigne dans les cheveux que le poison fit son effet et que la jeune fille tomba sans connaissance. « Ô prodige de beauté, dit la méchante femme, maintenant c'en est fait de toi », et elle partit. Par bonheur, c'était bientôt l'heure où les sept nains rentraient chez eux. Quand ils virent Blancheneige couchée par terre, comme morte, ils soupçonnèrent aussitôt la marâtre, cherchèrent et trouvèrent le peigne empoisonné, et à peine l'avaient-ils retiré que Blancheneige revenait à elle et leur racontait ce qui était arrivé. Alors ils lui conseillèrent une fois de plus d'être sur ses gardes et de n'ouvrir la porte à personne.

Une fois chez elle, la reine se mit devant son miroir et dit :

Petit miroir, petit miroir chéri,
Quelle est la plus belle de tout le pays ?

Alors il répondit comme avant :

Madame la Reine, vous êtes la plus belle ici,
Mais Blancheneige au-delà des monts
Chez les sept nains
Est encore mille fois plus jolie.

En entendant le miroir parler ainsi, elle tressaillit et trembla de colère : « Blancheneige doit mourir, dit-elle, quand il m'en coûterait ma propre vie. » Là-dessus, elle alla dans une chambre secrète et solitaire où personne n'entrait jamais, et elle fabriqua une pomme empoisonnée. Extérieurement elle avait belle apparence, blanche avec des joues rouges, si bien qu'elle faisait envie à quiconque la voyait, mais quiconque en mangeait une bouchée était voué à la mort. Quand la pomme fut fabriquée, elle se farda le visage et se déguisa en paysanne, et ainsi faite, elle se rendit chez les sept nains par-delà les sept montagnes. Elle frappa à la porte, Blancheneige passa la tête par la fenêtre et dit : « Je ne dois laisser entrer personne, les sept nains me l'ont défendu. — Tant pis, dit la paysanne, je n'aurai pas de peine à me débarrasser de mes pommes. Tiens, je vais t'en donner une. — Non, dit Blancheneige, je ne dois rien accepter. — Aurais-tu peur du poison ? dit la vieille, regarde, je coupe la pomme en deux, toi, tu mangeras la joue rouge et moi, la joue blanche. » Mais la pomme était faite si habilement que seul le côté rouge était empoisonné. La belle pomme faisait envie à Blancheneige et quand elle vit la paysanne en manger, elle ne put résister plus longtemps, tendit la main et prit la moitié empoisonnée. Mais à peine en avait-elle pris une bouchée qu'elle tombait morte. Alors la reine la contempla avec des regards affreux, rit à gorge déployée et dit : « Blanche comme neige, rouge comme sang, noire comme ébène ! Cette fois les nains ne pourront pas te réveiller. » Et comme, une fois chez elle, elle interrogeait son miroir :

Petit miroir, petit miroir chéri,
Quelle est la plus belle de tout le pays ?

Il répondit enfin :

Madame la Reine, vous êtes la plus belle du pays.

Alors son cœur jaloux fut en repos, autant qu'un cœur jaloux puisse trouver le repos.
Mais en rentrant chez eux le soir, les nains trouvèrent Blancheneige couchée par terre, et pas un souffle ne sortait plus de sa bouche, elle était morte. Ils la relevèrent, cherchèrent s'ils ne trouvaient pas quelque chose d'empoisonné, la délacèrent, lui peignèrent les cheveux, la lavèrent avec de l'eau et du vin, mais tout cela fut inutile : la chère enfant était morte et le resta. Ils la mirent sur une civière, s'assirent tous les sept auprès d'elle, la pleurèrent, et pleu-

rèrent trois jours durant. Puis ils voulurent l'enterrer, mais elle était encore aussi fraîche qu'une personne vivante, et elle avait toujours ses belles joues rouges. Ils dirent : « Nous ne pouvons pas mettre cela dans la terre noire », et ils firent un cercueil de verre transparent, afin qu'on pût la voir de tous les côtés, puis ils l'y couchèrent et écrivirent dessus son nom en lettres d'or, et qu'elle était fille de roi. Puis ils portèrent le cercueil sur la montagne et l'un d'entre eux resta toujours auprès pour le garder. Et les animaux vinrent aussi pleurer Blancheneige, d'abord une chouette, puis un corbeau, enfin une petite colombe.

Et Blancheneige demeura longtemps, longtemps dans le cercueil, et elle ne se décomposait pas, elle avait l'air de dormir, car elle restait toujours Blanche comme neige, rouge comme sang et noir de cheveux comme bois d'ébène. Or il advint qu'un fils de roi se trouva par hasard dans la forêt et alla à la maison des nains pour y passer la nuit. Sur la montagne, il vit le cercueil et la jolie Blancheneige couchée dedans, et il lut ce qui était écrit dessus en lettres d'or. Alors il dit aux nains : « Laissez-moi ce cercueil, je vous donnerai tout ce que vous voudrez en échange. » Mais les nains répondirent : « Nous ne vous le céderons pas pour tout l'or du monde. » Alors il leur dit : « En ce cas, faites-m'en cadeau, car je ne puis pas vivre sans voir Blancheneige, je le vénérerai et le tiendrai en estime comme mon bien le plus cher. » En l'entendant parler ainsi, les bons nains eurent pitié de lui et lui donnèrent le cercueil. Le prince ordonna à ses serviteurs de l'emporter sur leurs épaules. Il advint alors qu'ils trébuchèrent contre un buisson et que, par suite de la secousse, le trognon de pomme empoisonné dans lequel Blancheneige avait mordu lui sortit du gosier. Et bientôt elle ouvrit les yeux, souleva le couvercle de son cercueil et se dressa, ressuscitée. « Ah Dieu, où suis-je ? » s'écria-t-elle. Plein de joie, le prince lui dit : « Tu es auprès de moi », il lui raconta ce qui s'était passé et dit « Je t'aime plus que tout au monde ; viens avec moi au château de mon père, tu seras ma femme. » Alors Blancheneige l'aima et le suivit, et leur noce fut préparée en grande pompe et magnificence.

Mais on invita aussi à la fête la méchante marâtre de Blancheneige. Quand elle eut revêtu de beaux habits, elle alla devant son miroir et dit :

Petit miroir, petit miroir chéri,
Quelle est la plus belle de tout le pays ?

Le miroir répondit :

Madame la Reine, vous êtes la plus belle ici,
Mais la jeune reine est mille fois plus jolie.

Alors la méchante femme poussa un juron et elle fut effrayée, tellement effrayée qu'elle ne sut que faire. D'abord, elle ne voulut pas du tout aller à la noce. Mais la curiosité ne lui laissa pas de répit, il lui fallut partir et aller voir la jeune reine. Et en entrant, elle reconnut Blancheneige, et d'angoisse et d'effroi, elle resta clouée sur place et ne put bouger. Mais déjà on avait fait rougir des mules de fer sur des charbons ardents, on les apporta avec des tenailles et on les posa devant elle. Alors il lui fallut mettre ces souliers chauffés à blanc et danser jusqu'à ce que mort s'ensuive.

Le corbeau

Il était un fois une reine qui avait une fillette encore toute petite qu'elle devait porter dans ses bras. Un jour, l'enfant ne fut pas sage, elle ne tenait pas en place quoi que sa mère pût lui dire. Celle-ci s'impatienta, et, comme une volée de corbeaux traçaient des cercles autour du château, elle ouvrit la fenêtre et dit : « Je voudrais que tu sois un corbeau et que tu t'envoles, ainsi j'aurais la paix. » À peine eut-elle dit ces mots que l'enfant fut changée en corbeau et, quittant son bras, s'envola par la fenêtre. Elle s'en fut dans une sombre forêt et y resta longtemps, et ses parents n'eurent plus de ses nouvelles. Quelque temps après, un homme prit un chemin qui le conduisit dans cette forêt, il entendit le corbeau appeler et suivit la voix : et quand il se fut approché, le corbeau dit : « Je suis princesse de naissance et j'ai été enchantée, mais toi tu peux me délivrer. — Que dois-je faire ? » dit-il. Elle répondit : « Continue à marcher dans la forêt et tu trouveras une maison où se tient une vieille femme, elle t'offrira à boire et à manger, mais n'accepte rien ; si tu mangeais ou buvais quelque chose, tu tomberais dans un profond sommeil et ne pourrais pas me délivrer. Dans le jardin, derrière la maison, il y a un grand tas d'écorces, monte dessus et attends-moi. Pendant trois jours, je viendrai te voir à deux heures dans un carrosse attelé d'abord de quatre étalons blancs, puis de quatre étalons bruns, enfin de quatre étalons noirs. Mais si tu dors au lieu d'être éveillé, je ne serai pas délivrée. » L'homme promit de faire tout ce qu'elle demandait. Mais le corbeau lui dit : « Hélas, je sais d'avance que tu ne me délivreras pas, tu accepteras quelque chose de la femme. »

Alors l'homme promit encore une fois de ne toucher ni à la nourriture ni à la boisson. Mais quand il entra dans la maison, la vieille femme s'approcha de lui et lui dit : « Mon pauvre homme, comme vous êtes las, venez réparer vos forces, mangez et buvez. — Non, dit l'homme je ne veux ni manger ni boire. » Mais elle ne le laissa pas en repos et dit : « Si vous ne voulez pas manger, buvez au moins une gorgée dans ce verre, une fois n'est pas coutume. » Alors il se laissa convaincre et but. Vers deux heures de l'après-midi, il alla dans le jardin sur le tas d'écorces et voulut attendre le corbeau. Mais tandis qu'il était là debout, il se sentit tout à coup si fatigué qu'il ne put pas se dominer et voulut s'allonger un peu : sans toutefois dormir.

Mais à peine était-il étendu que ses yeux se fermèrent d'eux-mêmes et qu'il s'endormit, et il dormit d'un sommeil si profond que rien au monde n'eût pu le réveiller. À deux heures, le corbeau arriva en carrosse avec les quatre étalons blancs, mais la jeune fille était déjà toute triste et dit : « Je sais qu'il dort. » Et quand elle entra dans le jardin, il dormait en effet sur le tas d'écorces. Elle descendit de voiture, alla à lui, le secoua, l'appela mais sans pouvoir le réveiller. Le lendemain à l'heure de midi, la vieille femme revint et lui apporta à manger et à boire, mais il ne voulut rien accepter. Elle ne lui laissa pas de repos et le pressa si bien qu'il finit par boire de nouveau une gorgée. Vers deux heures, il alla au jardin sur le tas d'écorces et voulut attendre le corbeau ; mais il ressentit soudain une si grande fatigue que ses membres cessèrent de le porter : rien à faire, il dut s'étendre et tomba dans un profond sommeil. Quand le corbeau s'en vint avec ses quatre étalons bruns, il était déjà tout triste et dit : « Je sais qu'il dort. » La jeune fille alla à lui, mais il dormait et rien ne put le réveiller. Le lendemain la vieille femme lui demanda ce qu'il avait. Il ne mangeait ni ne buvait rien, voulait-il donc mourir ? Il répondit : « Je ne veux et ne peux ni manger ni boire. » Cependant elle posa devant lui un plat avec de la nourriture et un verre de vin, et quand il en sentit le fumet, il ne put pas résister et but un bon coup. Le moment venu, il alla dans le jardin sur le tas d'écorces et attendit la princesse : mais voilà qu'il se sentit plus las encore que les autres jours, il se coucha et dormit comme une souche. Quant à elle, elle était déjà toute triste et dit : « Je sais qu'il dort et ne peut pas me délivrer. » Et quand elle alla près de lui, elle le trouva couché, dormant à poings fermés. Elle le secoua et l'appela, mais ne put pas le tirer de son sommeil. Enfin elle posa près de lui un pain, puis un morceau de viande, puis un flacon de vin, et ces provisions, on pouvait en prendre tant qu'on voulait sans qu'elles diminuent. Après quoi elle ôta de son doigt un anneau d'or qu'elle mit au sien et son nom était gravé dessus. À la fin elle mit près de lui une lettre dans laquelle elle lui expliquait ce qu'elle lui avait donné et que ses provisions ne s'épuiseraient jamais, puis elle disait encore : « Je vois bien que tu ne pourras jamais me délivrer ici, mais si tu le veux toujours, viens au château d'or de Stromberg, c'est en ton pouvoir, j'en suis sûre. » Et quand elle lui eut donné tout cela, elle monta dans son carrosse et se fit conduire au château d'or de Stromberg.

À son réveil, l'homme vit qu'il avait dormi, il en fut profondément affligé et se dit : « Certainement, à présent elle est passée, et je ne l'ai pas délivrée. » Alors son regard se posa sur les choses qui étaient à côté de lui, et il lut la lettre où elle lui disait la façon dont c'était arrivé. Il se mit donc en route pour aller au château d'or de Stromberg, mais il ne savait pas où il était. Or il y avait déjà longtemps qu'il courait le monde quand il arriva dans une sombre forêt, où il marcha pendant quinze jours sans parvenir à en sortir. De nouveau le soir tomba et il était si fatigué qu'il se coucha à l'abri d'un buisson et s'endormit. Le lendemain il poursuivit sa route et le soir, comme il voulait de nouveau se coucher à l'abri d'un buisson, il entendit des hurlements et des gémissements tels qu'il ne put pas dormir. Et comme c'était l'heure où les gens allument des lumières, il en vit une scintiller, se leva et la suivit : il arriva ainsi devant une maison qui paraissait toute petite parce qu'il y avait un énorme géant devant. Alors il pensa à part soi : « Si tu entres et que le géant t'aperçoive, c'en est fait de ta vie. » Il finit par s'y risquer et s'approcha. Dès qu'il le vit, le géant lui dit : « C'est gentil à toi de venir, je n'ai rien mangé depuis longtemps, je vais t'avaler tout de suite pour mon souper. — Mieux vaut n'en rien faire, dit l'homme, je ne me laisse pas volontiers avaler ; si tu as besoin de nourriture, j'ai tout ce qu'il faut pour te rassasier. — Si c'est vrai, dit le géant, tu peux être tranquille ; je ne voulais te dévorer que parce que je n'ai rien d'autre. » Alors ils allèrent se mettre à table et l'homme sortit le pain, le vin et la viande qui ne s'épuisaient jamais. « Cela me convient fort bien », dit le géant, et il mangea tout son soûl. Après quoi l'homme lui dit : « Pourrais-tu me dire où se trouve le château d'or de Stromberg ? » Le géant répondit : « Je vais regarder sur ma carte, tous les villages, villes et maisons y sont marqués. » Il alla prendre la carte dans sa chambre et chercha le château, mais il n'était pas marqué. « Cela ne fait rien, dit-il, j'ai des cartes plus grandes en haut dans mon armoire ; nous allons chercher là », mais ce fut encore en vain. L'homme voulut alors continuer sa route, mais le géant le pria de rester quelques jours pour attendre le retour de son frère, lequel était parti chercher des provisions. Quand il rentra à la maison, ils l'interrogèrent sur le château d'or de Stromberg ; il répondit : « Après le repas, quand je serai rassasié, je chercherai sur la carte. » Ensuite il monta avec eux dans sa chambre et ils cherchèrent sur sa carte, mais ils ne trouvèrent pas ; alors il alla prendre d'autres vieilles cartes et ils ne cessèrent de chercher que lorsqu'ils eurent enfin trouvé le château d'or de Stromberg, mais il était à plusieurs milliers de lieues de distance. « Comment irai-je jusque-là ? » demanda l'homme. Le géant répondit : « J'ai deux heures de libres ; je te porterai à proximité, ensuite il faudra que je rentre à la maison pour donner à boire à l'enfant que nous avons. » Alors le géant porta l'homme jusqu'à quelque cent lieues du château et dit : « Tu peux faire le reste du chemin tout seul. » Ensuite il fit demi-tour, et l'homme marcha jour et nuit jusqu'à ce qu'il se trouvât enfin au château d'or de Stromberg. Or le château était situé sur une montagne de cristal, et il vit la jeune fille enchantée en faire le tour dans son carrosse, puis disparaître à l'intérieur. Il se réjouit de la voir et voulut la rejoindre, mais dès qu'il se mit à grimper, il glissa sur le cristal et tomba à chaque pas. Voyant qu'il ne l'atteindrait point, il fut tout affligé et se dit à lui-même : « Je vais rester ici à l'attendre. » Il se fit donc une hutte où il vécut toute une année, et chaque jour il voyait la princesse passer dans son carrosse, mais il ne pouvait pas la rejoindre.

Mais voici qu'un jour, apercevant de sa hutte trois brigands qui se battaient, il leur cria : « Dieu soit avec vous ! » En entendant ces mots, ils s'arrêtèrent, mais comme ils ne voyaient personne, ils recommencèrent à se battre, et même fort dangereusement. Alors il répéta : « Dieu soit avec vous ! » De nouveau ils cessèrent, regardèrent autour d'eux, et comme ils ne voyaient toujours personne, ils continuèrent de se battre. Alors il cria pour la troisième fois : « Dieu soit avec vous ! », et tout en pensant : « Il faut que tu saches ce que ces trois-là ont en vue », il alla à eux et leur demanda pourquoi ils tapaient ainsi l'un sur l'autre. Alors l'un dit qu'il avait trouvé un bâton ; si l'on frappait avec contre une porte, elle s'ouvrait d'un coup ; l'autre dit qu'il avait trouvé un manteau ; en le mettant on deviendrait invisible ; quant au troisième, il dit qu'il s'était emparé d'un cheval qui vous conduirait n'importe où, voire jusqu'en haut de la montagne de cristal. Seulement ils ne savaient pas s'ils devaient garder tout cela en commun ou se séparer. Alors l'homme dit : « Je vais vous échanger ces trois choses : il est vrai que je n'ai pas d'argent, mais je possède d'autres biens qui ont plus de valeur ! Toutefois il faut d'abord que je fasse un essai pour m'assurer que vous avez bien dit la vérité. » Alors ils le firent monter sur le cheval, lui mirent le manteau et lui donnèrent le bâton, et quand il eut tout cela, ils cessèrent de le voir. Alors il leur donna une bonne raclée et s'écria : « À présent, fainéants, vous avez ce que vous méritez, êtes-vous contents ? » Puis il gravit la montagne de cristal à cheval et quand il arriva devant le château, il était fermé, alors il frappa à la porte avec son bâton et elle ne tarda pas à s'ouvrir. Il entra et monta l'escalier jusqu'à la salle du haut ; la jeune fille était là, et devant elle, il y avait une coupe d'or pleine de vin. Mais elle ne pouvait pas le voir, car il avait mis son manteau. Arrivé devant elle, il retira de son doigt l'anneau qu'elle lui avait donné et le jeta dans la coupe, qui se mit à tinter. Alors elle s'écria : « C'est mon anneau, l'homme qui doit me délivrer est sans doute là aussi. » Ils cherchèrent dans tout le château et ne le trouvèrent pas, lui cependant était sorti, il était monté sur son cheval et avait rejeté son manteau. Quand ils arrivèrent devant la porte, ils le virent et poussèrent des cris de joie. Alors il descendit et prit la princesse dans ses bras : quant à elle, elle l'embrassa en disant : « À présent tu m'as délivrée, demain nous célèbrerons nos noces. »

L'eau de Jouvence

Il était une fois un roi qui était malade, et personne ne croyait qu'il en sortirait vivant. Or, il avait trois fils qui en furent très affligés, ils descendirent dans le jardin du château et se mirent à pleurer. Ils rencontrèrent alors un vieillard qui leur demanda la cause de leur chagrin. Ils lui dirent que leur père était si malade qu'il allait sans doute mourir, car aucun remède ne le soulageait. Alors le vieillard dit : « Je connais encore un remède, c'est l'eau de Jouvence ; s'il en boit, il guérira, mais elle est difficile à trouver. » L'aîné dit : « Je la trouverai bien », il se rendit au chevet de son père et le pria de bien vouloir le laisser partir pour chercher l'eau de Jouvence, car cela seul pourrait le guérir. « Non, dit le roi, le danger est trop grand, je préfère mourir. » Mais il insista tant que le roi consentit. Le prince pensait en son cœur : « Si j'apporte l'eau, mon père me donnera la préférence et j'hériterai du royaume. »

Il se mit donc en route et après avoir chevauché un bout de temps, il vit sur son chemin un nain qui l'appelait en disant : « Où cours-tu si vite ? — Qu'est-ce que cela peut te faire, sot marmouset ? » dit le prince fièrement en continuant son chemin. Mais le petit homme s'était mis en colère et lui avait jeté un mauvais sort. Peu après, le prince se trouva pris dans une gorge, et plus il avançait, plus les montagnes se rapprochaient et à la fin le chemin devint si étroit qu'il lui fut impossible d'avancer ; impossible aussi de tourner bride ou de quitter la selle, il était sur son cheval comme dans un cachot. Le roi malade l'attendit longtemps, mais il ne revint pas.

Alors le deuxième fils dit : « Père, laissez-moi partir à la recherche de l'eau », et il pensait à part soi : « Si mon frère est mort, le royaume me reviendra. » D'abord le roi ne voulut point le laisser partir, enfin il céda. Le prince prit donc le même chemin que son frère et rencontra aussi le nain, qui l'arrêta et lui demanda où il allait si vite : « Ça ne te regarde pas, sot marmouset », dit le prince et il continua son chemin sans se retourner. Mais le nain lui jeta un sort et il tomba comme l'autre dans une gorge, où il ne put ni avancer ni reculer. Voilà ce qui arrive aux orgueilleux.

Comme le deuxième frère ne revenait pas non plus, le cadet s'offrit à partir chercher l'eau, et le roi finit par le lui permettre. Quand il rencontra le nain et que celui-ci lui demanda où il allait si vite, il s'arrêta et lui donna des explications en disant : « Je cherche l'eau de Jouvence, car mon père est à la mort. — Sais-tu où elle se trouve ? — Non, dit le prince. — Puisque tu t'es conduit poliment et non pas en orgueilleux comme tes méchants frères, je vais te renseigner et te dire comment tu accéderas à l'eau de Jouvence. Elle jaillit d'une fontaine dans la cour d'un château enchanté ; mais tu ne pourras pas y entrer si je ne te donne pas une baguette de fer et deux petites miches de pain. Avec la baguette, frappe trois fois à la porte de fer du château, elle s'ouvrira d'un coup : à l'intérieur il y aura deux lions qui ouvriront la gueule, mais jette-leur un pain et ils se tiendront tranquilles, ensuite dépêche-toi d'aller chercher l'eau de Jouvence avant que sonne midi, autrement la porte se refermerait et tu serais enfermé. » Le prince le remercia, prit la baguette et le pain et se mit en route. Et quand il arriva, il trouva tout comme le nain avait dit. La porte s'ouvrit au troisième coup de baguette, et quand il eut apaisé les lions avec le pain il entra dans le château et arriva à une grande et splendide salle : il y avait là des princes enchantés, auxquels il retira les anneaux qu'ils portaient au doigt, puis une épée et un pain, qu'il prît. Ensuite il arriva à une autre chambre où se trouvait une belle jeune fille qui, tout heureuse de le voir, l'embrassa et lui dit qu'il l'avait délivrée, qu'elle lui donnerait tout son royaume, et que s'il revenait dans un an, on célébrerait leurs noces. Elle lui dit aussi où était la fontaine à l'eau de Jouvence, mais qu'il devait se hâter de la puiser avant les douze coups de midi. Il continua et arriva enfin à une chambre où il y avait un joli lit avec des draps frais, et comme il était fatigué, il voulut d'abord se reposer un peu. Il s'étendit donc et s'endormit : quand il se réveilla, midi moins le quart sonnait. Alors il se leva tout effrayé, courut à la fontaine et y puisa l'eau à l'aide d'une coupe qui était posée à côté, puis il se hâta de sortir. Juste à l'instant où il arrivait à la porte de fer, midi sonna, et la porte se referma si violemment qu'il y laissa un bout de son talon.

Tout heureux d'avoir obtenu l'eau de Jouvence, il prit le chemin du retour et passa de nouveau devant le nain. En voyant l'épée et le pain, celui-ci lui dit : « Avec cela tu as gagné de grands biens, l'épée te permettra de battre des armées entières et le pain ne s'épuisera jamais. » Le prince ne voulait pas rentrer chez son père sans ses frères et il dit : « Gentil nain, pourrais-tu me dire où sont mes deux frères ? Ils sont partis avant moi chercher l'eau de Jouvence, et ils ne sont pas revenus. — Ils sont prisonniers entre deux montagnes, dit le nain, c'est moi qui les ai enchantés parce qu'ils étaient trop orgueilleux. » Alors le prince le supplia tant et si bien que le nain consentit à les libérer ; mais il le mit en garde et dit : « Méfie-toi d'eux, ils ont mauvais cœur. »

Quand ses frères arrivèrent, il se réjouit et

leur raconta ce qui lui était arrivé, qu'il avait trouvé l'eau de Jouvence, dont il avait pris une pleine coupe, et qu'il avait délivré une belle princesse qui l'attendrait pendant un an, après quoi on célébrerait les noces et il aurait un grand royaume. Ensuite ils partirent ensemble à cheval et tombèrent dans un pays où il y avait la famine et la guerre, et le roi se voyait déjà condamné à périr, tant la détresse était grande. Alors le prince alla le trouver et lui donna le pain, avec quoi il put nourrir et rassasier tout son royaume ; puis le prince lui donna aussi l'épée, grâce à quoi il battit les armées de ses ennemis et put enfin vivre en paix. Alors le prince reprit son pain et son épée, et les trois frères se remirent en route. Mais ils passèrent encore dans deux pays où régnaient la famine et la guerre, et chaque fois le prince donna aux rois son pain et son épée, de sorte qu'à présent il avait sauvé trois royaumes. Ensuite ils s'embarquèrent sur un vaisseau et traversèrent la mer. Pendant la traversée, les deux autres frères se dirent : « Notre cadet a trouvé l'eau de Jouvence et nous pas, en récompense notre père lui donnera le royaume qui nous revient, et il nous volera notre part de bonheur. » Alors ils furent assoiffés de vengeance et décidèrent de le faire périr. Ils attendirent qu'il fût profondément endormi ; alors ils vidèrent l'eau de Jouvence et la prirent pour eux, et à la place, ils lui mirent de l'eau de mer salée dans sa coupe.

Une fois rentrés à la maison, le cadet alla porter sa coupe au roi afin qu'il y boive et recouvre la santé. Mais à peine eut-il bu de l'eau de mer salée qu'il fut encore plus malade qu'avant. Et comme il s'en plaignait, les deux frères aînés vinrent accuser le cadet d'avoir voulu l'empoisonner, eux lui apportaient la vraie eau de Jouvence, et ils la lui tendirent. Sitôt qu'il en eut bu, il sentit son mal le quitter, et il redevint fort et bien portant comme aux jours de sa jeunesse. Après quoi les deux frères allèrent trouver le cadet et se moquèrent de lui en disant : « Il est vrai que tu as trouvé l'eau de Jouvence, mais tu as eu la peine et nous le salaire, tu aurais dû être plus malin et ouvrir les yeux : nous te l'avons volée quand tu étais endormi en mer, et dans un an, l'un de nous ira chercher pour lui la belle princesse. Cependant garde-toi d'en rien révéler, de toute façon notre père ne te croira pas, et si tu dis un seul mot, tu perdras la vie par-dessus le marché, tandis que si tu te tais nous t'en ferons cadeau. »

Le vieux roi était en colère contre son plus jeune fils, croyant qu'il avait voulu attenter à sa vie. Il rassembla donc la cour et le fit condamner à être abattu en cachette. Un jour que le prince était à la chasse sans rien soupçonner, le chasseur du roi dut l'accompagner. Quand ils furent seuls dans la forêt, le chasseur avait l'air si triste que le prince lui dit : « Gentil chasseur, qu'as-tu donc ? » Le chasseur répondit : « Je ne peux pas le dire et pourtant il le faut. » Alors le prince dit : « Dis-moi ce que c'est, je te le pardonnerai. — Ah, dit le chasseur, il faut que je vous tue, le roi me l'a ordonné. » Alors le prince fut effrayé et dit : « Gentil chasseur, laisse-moi la vie, voici mon habit royal, donne-moi ton habit grossier en échange. » Le chasseur dit : « Je le ferai bien volontiers, de toute façon je n'aurais pas pu tirer sur vous. » Alors ils échangèrent leurs vêtements et le chasseur rentra à la maison, tandis que le prince continuait sa route dans la forêt.

Quelque temps après, trois chariots chargés d'or et de pierres précieuses arrivèrent chez le roi pour son plus jeune fils : or ils étaient envoyés par les trois rois qui avaient vaincu leurs ennemis avec l'épée du prince et nourri leur peuple avec son pain, et qui voulaient montrer leur reconnaissance. Le vieux roi pensa alors : « Mon fils serait-il innocent ? » et il dit à ses gens : « Que n'est-il encore en vie ! comme je regrette de l'avoir fait tuer. — Il vit encore, dit le chasseur, je n'ai pas eu le cœur d'exécuter votre ordre », et il dit au roi comment cela s'était passé. Alors le roi fut soulagé d'un grand poids, et il fit savoir dans tous les royaumes que son fils pouvait revenir et serait accueilli avec clémence.

La princesse, quant à elle, avait fait construire devant son château une route qui était toute dorée et brillante, et elle dit à ses gens que celui qui la ferait prendre tout droit à son cheval serait le bon et qu'ils devraient le laisser passer, tandis que celui qui passerait à côté ne serait pas le bon et qu'ils devraient l'empêcher d'entrer. Quand le temps fut révolu, l'aîné pensa qu'il devrait vite aller chez la princesse et se donner pour son libérateur, ainsi il l'aurait pour femme, avec le royaume par-dessus le marché. Il partit donc et quand il fut devant le château, voyant la belle route d'or, il se dit : « Ce serait dommage de passer dessus », il s'écarta et suivit la route à droite. Mais quand il arriva devant la porte, les gens lui dirent qu'il n'était pas le bon et qu'il devait repartir. Peu après le deuxième prince partit à son tour, et quand il fut sur la route d'or, où son cheval avait déjà mis un pied, il se dit : « Ce serait dommage d'écraser quelque chose », il s'écarta et passa à gauche. Mais quand il arriva devant la porte, les gens lui dirent qu'il n'était pas le bon et qu'il devait repartir. Quand l'année fut tout à fait révolue, le troisième quitta la forêt pour rejoindre sa bien-aimée et oublier son chagrin auprès d'elle. Il partit donc, songeant sans cesse à elle et à la joie qu'il aurait à être à ses côtés, en sorte qu'il ne vit pas la route d'or. Alors son cheval marcha au beau milieu et quand il arriva devant la porte, on la lui ouvrit et la princesse l'accueillit avec joie et lui dit qu'il était son libérateur et le maître du royaume, et la noce eut lieu en grande félicité. Et quand elle fut passée, elle lui raconta que son père l'avait mandé auprès de lui et lui accordait son pardon. Alors il l'alla trouver et lui raconta tout, comment, ses frères l'ayant trompé, il avait cependant gardé le silence. Le vieux roi voulut les punir, mais ils s'étaient embarqués, un vaisseau les avait emmenés au loin et jamais ils ne revinrent de leur vie.

De celui qui partit en quête de la peur
  (*Traduit par Marthe Robert*)   9

Hänsel et Gretel
  (*Traduit par Yanette Delétang-Tardif*)   27

Cendrillon
  (*Traduit par Marthe Robert*)   41

La Belle au Bois Dormant
  (*Traduit par Marthe Robert*)   55

Blancheneige
  (*Traduit par Marthe Robert*)   63

Le corbeau
  (*Traduit par Marthe Robert*)   79

L'eau de Jouvence
  (*Traduit par Marthe Robert*)   91

COLLECTION FOLIO 2 €

Dernières parutions

5235. Carlos Fuentes — *En bonne compagnie* suivi de *La chatte de ma mère*
5236. Ernest Hemingway — *Une drôle de traversée*
5237. Alona Kimhi — *Journal de Berlin*
5238. Lucrèce — *« L'esprit et l'âme se tiennent étroitement unis ». Livre III de* De la nature
5239. Kenzaburô Ôé — *Seventeen*
5240. P. G. Wodehouse — *Une partie mixte à trois et autres nouvelles du green*
5290. Jean-Jacques Bernard — *Petit éloge du cinéma d'aujourd'hui*
5291. Jean-Michel Delacomptée — *Petit éloge des amoureux du silence*
5292. Mathieu Terence — *Petit éloge de la joie*
5293. Vincent Wackenheim — *Petit éloge de la première fois*
5294. Richard Bausch — *Téléphone rose et autres nouvelles*
5295. Collectif — *Ne nous fâchons pas ! ou l'art de se disputer au théâtre*
5296. Robin Robertson — *Fiasco ! Des écrivains en scène*
5297. Miguel de Unamuno — *Des yeux pour voir et autres contes*
5298. Jules Verne — *Une fantaisie du Docteur Ox*
5299. Robert Charles Wilson — *YFL-500* suivi du *Mariage de la dryade*
5347. Honoré de Balzac — *Philosophie de la vie conjugale*
5348. Thomas De Quincey — *Le bras de la vengeance*
5349. Charles Dickens — *L'Embranchement de Mugby*
5351. Marcus Malte — *Mon frère est parti ce matin...*
5352. Vladimir Nabokov — *Natacha et autres nouvelles*
5353. Arthur Conan Doyle — *Un scandale en Bohême* suivi d'*Étoile d'argent*. *Deux aventures de Sherlock Holmes*
5354. Jean Rouaud — *Préhistoires*
5355. Mario Soldati — *Le père des orphelins*

5356.	Oscar Wilde	*Maximes* et autres textes
5415.	Franz Bartelt	*Une sainte fille* et autres nouvelles
5416.	Mikhaïl Boulgakov	*Morphine*
5417.	Guillermo Cabrera Infante	*Coupable d'avoir dansé le cha-cha-cha*
5418.	Collectif	*Jouons avec les mots. Jeux littéraires*
5419.	Guy de Maupassant	*Contes au fil de l'eau*
5420.	Thomas Hardy	*Les intrus de la Maison Haute* précédé d'un autre conte du Wessex
5421.	Mohamed Kacimi	*La confession d'Abraham*
5422.	Orhan Pamuk	*Mon père* et autres textes
5423.	Jonathan Swift	*Modeste proposition* et autres textes
5424.	Sylvain Tesson	*L'éternel retour*
5462.	Lewis Carroll	*Misch-masch* et autres textes de jeunesse
5463.	Collectif	*Un voyage érotique. Invitations à l'amour dans la littérature du monde entier*
5465.	William Faulkner	*Coucher de soleil* et autres Croquis de La Nouvelle-Orléans
5466.	Jack Kerouac	*Sur les origines d'une génération* suivi de *Le dernier mot*
5467.	Liu Xinwu	*La Cendrillon du canal* suivi de *Poisson à face humaine*
5468.	Patrick Pécherot	*Petit éloge des coins de rue*
5469.	George Sand	*Le château de Pictordu*
5471.	Martin Winckler	*Petit éloge des séries télé*
5523.	E.M. Cioran	*Pensées étranglées* précédé du *Mauvais démiurge*
5526.	Jacques Ellul	*« Je suis sincère avec moi-même »* et autres lieux communs
5527.	Liu An	*Du monde des hommes. De l'art de vivre parmi ses semblables*
5528.	Sénèque	*De la providence* suivi de *Lettres à Lucilius (lettres 71 à 74)*
5530.	Tchouang-tseu	*Joie suprême* et autres textes
5531.	Jacques de Voragine	*La Légende dorée. Vie et mort de saintes illustres*

5532. Grimm	*Hänsel et Gretel* et autres contes
5589. Saint Augustin	*L'Aventure de l'esprit et autres Confessions*
5590. Anonyme	*Le brahmane et le pot de farine. Contes édifiants du* Pañcatantra
5591. Simone Weil	*Pensées sans ordre concernant l'amour de Dieu* et autres textes
5592. Xun zi	*Traité sur le Ciel* et autres textes
5606. Collectif	*Un oui pour la vie ? Le mariage en littérature*
5607. Éric Fottorino	*Petit éloge du Tour de France*
5608. E. T. A. Hoffmann	*Ignace Denner*
5609. Frédéric Martinez	*Petit éloge des vacances*
5610. Sylvia Plath	*Dimanche chez les Minton* et autres nouvelles
5611. Lucien	*« Sur des aventures que je n'ai pas eues ». Histoire véritable*
5631. Boccace	*Le Décaméron. Première journée*
5632. Isaac Babel	*Une soirée chez l'impératrice* et autres récits
5633. Saul Bellow	*Un futur père* et autres nouvelles
5634. Belinda Cannone	*Petit éloge du désir*
5635. Collectif	*Faites vos jeux ! Les jeux en littérature*
5636. Collectif	*Jouons encore avec les mots. Nouveaux jeux littéraires*
5637. Denis Diderot	*Sur les femmes* et autres textes
5638. Elsa Marpeau	*Petit éloge des brunes*
5639. Edgar Allan Poe	*Le sphinx* et autres contes
5640. Virginia Woolf	*Le quatuor à cordes* et autres nouvelles
5714. Guillaume Apollinaire	*« Mon cher petit Lou ». Lettres à Lou*
5715. Jorge Luis Borges	*Le Sud* et autres fictions
5717. Chamfort	*Maximes* suivi de *Pensées morales*
5718. Ariane Charton	*Petit éloge de l'héroïsme*
5719. Collectif	*Le goût du zen. Recueil de propos et d'anecdotes*
5720. Collectif	*À vos marques ! Nouvelles sportives*

5721. Olympe de Gouges	« *Femme, réveille-toi !* » *Déclaration des droits de la femme et de la citoyenne* et autres écrits
5722. Tristan Garcia	*Le saut de Malmö* et autres nouvelles
5723. Silvina Ocampo	*La musique de la pluie* et autres nouvelles
5758. Anonyme	*Fioretti. Légendes de saint François d'Assise*
5759. Gandhi	*En guise d'autobiographie*
5760. Leonardo Sciascia	*La tante d'Amérique*
5761. Prosper Mérimée	*La perle de Tolède* et autres nouvelles
5762. Amos Oz	*Chanter* et autres nouvelles
5794. James Joyce	*Un petit nuage* et autres nouvelles
5795. Blaise Cendrars	*L'Amiral*
5797. Ueda Akinari	*La maison dans les roseaux* et autres contes
5798. Alexandre Pouchkine	*Le coup de pistolet* et autres récits de feu Ivan Pétrovitch Bielkine
5818. Mohammed Aïssaoui	*Petit éloge des souvenirs*
5819. Ingrid Astier	*Petit éloge de la nuit*
5820. Denis Grozdanovitch	*Petit éloge du temps comme il va*
5821. Akira Mizubayashi	*Petit éloge de l'errance*
5835. Francis Scott Fitzgerald	*Bernice se coiffe à la garçonne* précédé du *Pirate de la côte*
5836. Baltasar Gracian	*L'Art de vivre avec élégance. Cent maximes de* L'Homme de cour
5837. Montesquieu	*Plaisirs et bonheur* et autres *Pensées*
5838. Ihara Saikaku	*Histoire du tonnelier tombé amoureux* suivi d'*Histoire de Gengobei*
5839. Tang Zhen	*Des moyens de la sagesse* et autres textes
5856. Collectif	*C'est la fête ! La littérature en fêtes*
5896. Collectif	*Transports amoureux. Nouvelles ferroviaires*
5897. Alain Damasio	*So phare away* et autres nouvelles
5898. Marc Dugain	*Les vitamines du soleil*
5899. Louis Charles Fougeret de Monbron	*Margot la ravaudeuse*

5900. Henry James	*Le fantôme locataire* précédé d'*Histoire singulière de quelques vieux habits*
5901. François Poullain de La Barre	*De l'égalité des deux sexes*
5902. Junichirô Tanizaki	*Le pied de Fumiko* précédé de *La complainte de la sirène*
5903. Ferdinand von Schirach	*Le hérisson* et autres nouvelles
5904. Oscar Wilde	*Le millionnaire modèle* et autres contes
5905. Stefan Zweig	*Découverte inopinée d'un vrai métier* suivi de *La vieille dette*
5935. Chimamanda Ngozi Adichie	*Nous sommes tous des féministes* suivi des *Marieuses*
5973. Collectif	*Pourquoi l'eau de mer est salée* et autres contes de Corée
5974. Honoré de Balzac	*Voyage de Paris à Java* suivi d'*Un drame au bord de la mer*
5975. Collectif	*Des mots et des lettres. Énigmes et jeux littéraires*
5976. Joseph Kessel	*Le paradis du Kilimandjaro* et autres reportages
5977. Jack London	*Une odyssée du Grand Nord* précédé du *Silence blanc*
5992. Pef	*Petit éloge de la lecture*
5994. Thierry Bourcy	*Petit éloge du petit déjeuner*
5995. Italo Calvino	*L'oncle aquatique* et autres récits cosmicomics
5996. Gérard de Nerval	*Le harem* suivi d'*Histoire du calife Hakem*
5997. Georges Simenon	*L'Étoile du Nord* et autres enquêtes de Maigret
5998. William Styron	*Marriott le marine*
5999. Anton Tchékhov	*Les groseilliers* et autres nouvelles
6001. P'ou Song-ling	*La femme à la veste verte. Contes extraordinaires du Pavillon du Loisir*

6002. H. G. Wells	*Le cambriolage d'Hammerpond Park* et autres nouvelles extravagantes
6042. Collectif	*Joyeux Noël ! Histoires à lire au pied du sapin*
6083. Anonyme	*Saga de Hávardr de l'Ísafjördr. Saga islandaise*
6084. René Barjavel	*Les enfants de l'ombre* et autres nouvelles
6085. Tonino Benacquista	*L'aboyeur* précédé de *L'origine des fonds*
6086. Karen Blixen	*Histoire du petit mousse* et autres contes d'hiver
6087. Truman Capote	*La guitare de diamants* et autres nouvelles
6088. Collectif	*L'art d'aimer. Les plus belles nuits d'amour de la littérature*
6089. Jean-Philippe Jaworski	*Comment Blandin fut perdu* précédé de *Montefellóne. Deux récits du Vieux Royaume*
6090. D.A.F. de Sade	*L'Heureuse Feinte* et autres contes étranges
6091. Voltaire	*Le taureau blanc* et autres contes
6111. Mary Wollstonecraft	*Défense des droits des femmes* (extraits)
6159. Collectif	*Les mots pour le lire. Jeux littéraires*
6160. Théophile Gautier	*La Mille et Deuxième Nuit* et autres contes
6161. Roald Dahl	*À moi la vengeance S.A.R.L.* suivi de *Madame Bixby et le manteau du Colonel*
6162. Scholastique Mukasonga	*La vache du roi Musinga* et autres nouvelles rwandaises
6163. Mark Twain	*À quoi rêvent les garçons. Un apprenti pilote sur le Mississippi*
6178. Oscar Wilde	*Le Pêcheur et son Âme* et autres contes
6179. Nathacha Appanah	*Petit éloge des fantômes*
6180. Arthur Conan Doyle	*La maison vide* précédé du *Dernier problème. Deux aventures de Sherlock Holmes*
6181. Sylvain Tesson	*Le téléphérique* et autres nouvelles
6182. Léon Tolstoï	*Le cheval* suivi d'*Albert*

6183. Voisenon	*Le sultan Misapouf et la princesse Grisemine*
6184. Stefan Zweig	*Était-ce lui ?* précédé d'*Un homme qu'on n'oublie pas*
6210. Collectif	*Paris sera toujours une fête. Les plus grands auteurs célèbrent notre capitale*
6211. André Malraux	*Malraux face aux jeunes. Mai 68, avant, après. Entretiens inédits*
6241. Anton Tchékhov	*Les méfaits du tabac* et autres pièces en un acte
6242. Marcel Proust	*Journées de lecture*
6243. Franz Kafka	*Le Verdict – À la colonie pénitentiaire*
6245. Joseph Conrad	*L'associé*
6246. Jules Barbey d'Aurevilly	*La Vengeance d'une femme* précédé du *Dessous de cartes d'une partie de whist*
6285. Jules Michelet	*Jeanne d'Arc*
6286. Collectif	*Les écrivains engagent le débat. De Mirabeau à Malraux, 12 discours d'hommes de lettres à l'Assemblée nationale*
6319. Emmanuel Bove	*Bécon-les-Bruyères* suivi du *Retour de l'enfant*
6320. Dashiell Hammett	*Tulip*
6321. Stendhal	*L'abbesse de Castro*
6322. Marie-Catherine Hecquet	*Histoire d'une jeune fille sauvage trouvée dans les bois à l'âge de dix ans*
6323. Gustave Flaubert	*Le Dictionnaire des idées reçues*
6324. F. Scott Fitzgerald	*Le réconciliateur* suivi de *Gretchen au bois dormant*
6358. Sébastien Raizer	*Petit éloge du zen*
6359. Pef	*Petit éloge de lecteurs*
6360. Marcel Aymé	*Traversée de Paris*
6361. Virginia Woolf	*En compagnie de Mrs Dalloway*
6362. Fédor Dostoïevski	*Un petit héros*

Composition Nord Compo
Impression Novoprint
à Barcelone, le 16 août 2017
Dépôt légal : août 2017
1er dépôt légal dans la collection : janvier 2015

ISBN 978-2-07-045065-7./Imprimé en Espagne.

323504